壁の花の白い結婚

サラ・モーガン

風戸のぞみ 訳

JN178294

ハーレクイン
SP文庫

BLACKMAILED BY DIAMONDS, BOUND BY MARRIAGE

by Sarah Morgan

Published by Harlequin Japan,
a Division of K.K. HarperCollins Japan, 2024

サラ・モーガン

イギリスのウィルトシャー生まれ。看護師としての訓練を受けたのち、医療関連のさまざまな仕事に携わり、その経験をもとにしてロマンス小説を書き始めた。すてきなビジネスマンと結婚して、2人の息子の母となった。アウトドアライフを愛し、とりわけスキーと散歩が大のお気に入りだという。

◆主要登場人物

アンジェリーナ・リトルウッド……考古学者。愛称アンジー。
ティファニー……………………アンジーの妹。故人。
ニコラウス・キリアクー………企業家。愛称ニコス。
エレニ……………………………ニコスの母親。

1

博物館の地下へ下りる石の階段に響くのは、間違いなく人の足音だ。

アンジー・リトルウッドは書いていたメモから目を上げ、予期せぬじゃまが入ったことに眉をひそめた。階上の博物館は来館者でにぎわうが、ここ、文化財指定の古い建物の深部は厳粛と言ってもいいほどの静けさに包まれている。厚い石壁と、舞台裏で励む研究者たちの学究心が作り出す静寂だ。

やがて戸口に姿を見せたのがヘレン・ナイトリーだったので、アンジーはちょっと驚いた。ヘレンはここの学芸員で、いつもならこの時間は階上で来館者の相手をするのに忙しい。そこでアンジーの驚きは不安に変わった。ヘレンの表情が暗いのだ。

「大丈夫？　なにかいやなことでもあった？」

「ものすごく言いづらいんだけど……」

ヘレンの顔色は青白く、アンジーは胸騒ぎを覚えた。おそらく、母にからんだことだろう。母親は半年前の出来事で精神的にまいってしまい、家に一人きりにしておくのが心配になることがある。

「どういうこと？」

「あなたに会いたいって人が上に来てるのよ」

アンジーはいくらかほっとして、調べていた古代陶器のかけらを丁寧に片づけると、ペンを持ったまま立ちあがった。「また母が来たんだったら、ごめんなさい」眼鏡と白衣を直しながらヘレンの方へ行く。「母はなかなか立ち直れなくて、いきなり博物館へ来ちゃだめよって口がすっぱくなるほど言ってるんだけど」

「それがお母さんじゃないのよ」ヘレンは困ったように咳《せき》払いをした。

アンジーの不安がまたふくらんだ。母でなければ、お金がらみだ。研究職は不安定な立場で給与も低い。ここでの仕事を失ったら、どうやって生活していこう？　アンジーがヘレンに話の先を促そうとしたちょうどそのとき、階段を下りてくる重い足音が聞こえた。

戸口に目をやると、男性がずかずかと名前も名乗らずに入ってきた。

アンジーは一瞬にして、男性の力強く完璧《かんぺき》な目鼻立ちに目が釘《くぎ》づけになった。まるでギリシア神話の神のようだ。非の打ちどころのない骨格、運動選手を思わせる体型。彼女は男性を眺めながら、ギリシアの神々を思い浮かべた。そして不謹慎なことに、彼の裸の上半身を想像した。ミノタウロスのような怪物と戦い、汗に光るブロンズの筋肉。そばには鎖につながれた不幸な女が横たわり、救い出されるのを待っている。

「リトルウッド博士？　アンジー！」

ヘレンの声に夢想を破られ、アンジーはしまったと思った。出資者にとって、空想にふける考古学者などもってのほかだろう。そして、この男性は見るからに有力者らしい風格を漂わせている。彼の背後に目をやると、ドアのところにもう二人、男性が立っていた。どちらも控えめながら目つきが鋭い。この男性はかなりの大物なのだろう。もしかしたら博物館に多額の寄付を検討中なのかもしれない。

アンジーは研究さえ続けられれば幸せだった。だが、そのためには組織や個人の寄付に頼るしかない。ヘレンはきっと私に、好印象を与えるよう期待しているはずだ。そこでアンジーは前へ進み出た。こういう魅力的な男性が自分のような女に興味がないのは承知のうえだ。

美人でなくたって気にしなくていいのよ、と自分に言い聞かせる。私はオックスフォード大学を首席で卒業し、ギリシア語やラテン語など五カ国語を操り、研究歴も華々しい。この男性が博物館の研究職への資金提供を考えているのなら、そういう経歴にこそ興味を持つはずだ。

「はじめまして」アンジーはペンを持ったまま握手の手を差し出した。横でヘレンがうめいた。

「アンジー、ち、違うのよ。私からちゃんと紹介するから」

しかし、男性は前へ進み出ると、アンジーが差し出した手を握った。「君がミス・リトルウッド?」明瞭《めいりよう》な声で、かすかになまりがある。たくましい体にふさわしく、握手は力強かった。

どの神に似ているだろう? アポロ? アレス? アンジーの心が再びさまよいだしたとき、うしろでヘレンの声がした。

「アンジー、こちらはキリアクー投資会社の取締役、ミスター・ニコラウス・キリアクーよ」

ギリシア系の名前? おもしろい一致に、アンジーの顔がほころびかけた。だがそこで、ヘレンが言ったことの意味に気づいた。

ニコラウス――ニコス・キリアクー。

その名が黒々とした凶兆のごとく迫り、アンジーを現実に引き戻した。彼女はいきなり手を引っこめ、無意識にあとずさった。ペンが手から落ちる。

この半年、母は毎晩のようにニコス・キリアクーの名を口にし、泣きながら眠った。

一瞬にして部屋の空気が張りつめた。ヘレンはまた咳払いをすると、ドアの方に手を振った。「それでは、どうぞあちらで――」

「出ていってくれ」ニコス・キリアクーは黒い瞳でアンジーの目を見すえたまま、マナーなどおかまいなしにきっぱりと言った。「ミス・リトルウッドと二人だけで話したい」

「ですが……」

「そうして、ヘレン」アンジーは本音とは裏腹に言った。膝が震えている。この男と二人きりになりたくなかった。人間が持つべき倫理や道徳が彼に欠如しているのは、とっくに察しがついている。ギリシアの神でいえばアレス、戦いの神だ。冷静で美男にして、死と破滅をもたらす神。

対決にそなえ、アンジーは華奢《きやしや》な肩をいからせた。感傷的になっている場合ではない。家族のために、彼に立ち向かうのだ。とはいえ、口論は好きではない。何事も穏便にすませようとするから、妹にもばかにされていたのだろう。議論がおもしろいのは、アカデミックなテーマのときだけだ。ふだんは、一人静かに研究に没頭できればそれでいい。

しかし今、選択の余地はなかった。

アンジーは彼の顔を見つめ、噂《うわさ》どおりに冷たく威圧的な人物だと思った。今すぐここから逃げ出したい。そのとき、かわいらしかった幼いころの妹の笑顔を思い出した。次に、すすり泣きながら悪い足を引きずって歩く母の姿を。そして、ニコス・キリアクーに会ったら言ってやると母が口にした言葉を。

なぜ二人きりになるのが怖いの？　彼がこれ以上なにをするというの？

ヘレンの足音が遠ざかるのを待つ間、彼はぞっとするような目でアンジーを見つめていた。

厚かましい男。私も同じように厚かましくならなければ、とアンジーは思った。こちらを見すえる彼の顔には、悔恨の情などみじんも感じられない。

ヘレンが十分遠くに去ったと思ったのか、ニコス・キリアクーは口を開いた。「まずは、妹さんが亡くなったことに心からお悔やみを述べたい」

紋切り型で、しかも口先だけ。アンジーは唖然《あぜん》とした。もっと温かい言い方はできないものだろうか。冷たい口調は同情を侮辱に変える。

アンジーはすばやく息を吸いこんだ。全身に痛みが走る。「それがお悔やみ？」口の中が乾いていて、うまく言葉が出てこない。「今度機会があったら、うわべだけでもそれらしく装ったほうがいいわ。そもそも、こんなところまで来てお悔やみを言うなんて、無神経にもほどがあるわよ。あんなことをしておいて！」人にこんな物言いをしたのは初めてだ。アンジーは支えが欲しくて、デスクに片手をついた。

彼の傲慢《ごうまん》な顔がわずかにゆがんだ。反論や非難を浴びた経験がないのだろう。「僕の屋敷で妹さんが亡くなったのは、きわめて不運な――」

「きわめて不運？」常に論理的で、口論は愚かなことだと考えるアンジーが、思わず声を張りあげていた。脳裏に妹の姿がよみがえる。二度と抱き締めることも、笑い合うこともできない妹。「運の問題かしら？　そうやって自分を正当化するわけね。それで良心の呵《か》責《しゃく》をなだめる？　あの晩、いったいどうやって眠ることができたのかしら？」

彼の黒い瞳に危険なものがよぎった。「あの晩はなんの苦もなくぐっすり眠れたよ」

アンジーの胸の鼓動が速まり、てのひらに汗がにじんだ。体の芯《しん》から激しい怒りがこみあげてきたが、必死にこらえた。というのも、ドアのそばにいた二人の男性がさっと進み出て身構えたからだ。

アンジーは二人のことをすっかり忘れていた。「この人たちは?」

「ボディガードだ」彼がうるさそうに手を振ると、男性たちは再び背景に溶けこみ、アンジーは会いたくもなかった男とまた二人きりになった。

「あなたにボディガードが必要なのももっともね。妹にしたようなことをだれにでもするんでしょうから。あなたには良心のかけらもないのよ」アンジーは両手ともデスクにのせた。こうでもしなければ、彼を殴ってしまいそうだった。「妹はあなたの家のバルコニーから転落して死んだのよ。なのに、あなたは少しも罪の意識を感じないというの?」

彼の形のいい唇が真一文字に結ばれた。「警察は捜査をしたし、検死も行われた。結果は、事故死だった」

淡々と事実を述べる口調にはなんの感情もなく、アンジーの怒りは沸点に達しかけた。自分がこれほど激高するのが信じられなかった。感情を表に出すきっかけが今までなかったせいだろう。母の世話で忙しく、一息つくのは夜中だけだった。そんなとき、頭の中は妹のことでいっぱいになった。かわいい妹。世界でいちばん愛していた妹。

涙がこみあげ、アンジーはまばたきして押し戻した。「事故死。それ以外にありっこないわよね」いやでも皮肉たっぷりの口調になった。「だって、あなたは権力者なんだから」

彼のたくましい体がこわばった。「なにを言いたいのかわからないが、ミス・リトルウッド、言葉には気をつけたほうがいい」

彼は声を荒らげはしなかったが、それでもアンジーは背筋が凍りついた。ニコス・キリアクーを冷酷非情と評した記事が思い出される。書き手がどうしてそう結論づけたのか、今の彼女にはわかった。恐ろしいまでの落ち着きぶりは、煮えたぎる彼女の感情と見事に対照的だった。

いつもならアンジーも冷静なたちだった。しかし、悲しみは人を変えてしまうということを、彼女はこの短い時間で知った。そして、意外な衝動が自分にあることを。アンジーは今、この男の顔から高慢さをはぎ取ってしまいたいという衝動を覚えていた。

「リトルウッド博士と呼んでいただける?」アンジーは顎をつんと上げ、生意気な受講生をただす口調で言った。「それから、私に脅しは通じません」

「それじゃ、アンジェリーナ・リトルウッド博士、ここに来たのは君を脅すためじゃない」彼の口元に薄笑いが浮かんだ。脅迫など、その気になればいつでもできると言わんばかりだ。アンジーは両手を握り締めた。

「アンジェリーナという名前は使っていません」自分では滑稽《こっけい》な名前だと思っている。アンジェリーナなんて柄ではないのだ。その名がふさわしいのは美しくグラマーな女性であって、研究漬けの地味な考古学者ではない。「みんなはアンジーって呼ぶわ。ご存じないのならお教えしますけど」

彼はアンジーの顔から視線をそらさない。「君についてはいろいろと知っている。考古学で学位をとり、地中海地域の研究で博士号を取得、専門は古代ギリシアの美術と陶器。年齢のわりに業績はすばらしい。教えてくれないか、リトルウッド博士」彼はアンジーの肩書きを強調した。「その経歴を人にひけらかすことはないのかな?」

彼の情報に驚き、アンジーは冷静になろうとデスクの上の拳《こぶし》に力をこめた。「資金提供者に対してだけよ」

「なるほど」彼はアンジーの白衣、眼鏡、うしろで一つに結った赤毛を見つめた。「君は妹とはずいぶん違うようだ」

意識的かどうかはさておき、彼はアンジーのいちばん深い傷口を開いた。

アンジーは傷ついたことを悟られまいと顔をそむけた。自分が妹のティファニーとまったく違うのは、とうにわかっている。なにからなにまで正反対なのだ。しかし、だからといって仲が悪かったわけではない。心やさしい少女だったティファニーが、むら気で不機嫌なティーンエイジャーになっても、アンジーの妹への愛は変わらなかった。共通点がないからといって、妹の死を悲しむ気持ちがやわらぐわけもない。むしろ、姉としてもっとなにかできたのではないかと自責の念にさいなまれた。行動を慎むよう、妹を根気よく諭すべきだったのだ。

さらに、母の〝もしもアンジーが〟で始まる絶え間ない泣き言が追い討ちをかけた。もしもアンジーがティファニーの遊び好きをあんなに非難しなかったら？　もしもアンジーがもっと楽しい子で、仕事中毒でなかったら？　もしもアンジーがギリシアでティファニーと暮らしていたら？　事故の晩、もしもアンジーが妹と一緒にいたら？

さまざまな思いが頭の中でせめぎ合い、アンジーは痛みをやわらげようと眉をさすった。妹が死んだのは自分にも責任がある。今ではそんな気さえしていた。あの子が破滅の道をころがり落ちるのをくいとめなかったのだから。ニコス・キリアクーのような男から遠ざけてやれなかったのだから。

「報告書を読んだか？」

彼の冷たい声に、アンジーは顔を上げた。質問の意味はわかっている。

「あの子が酔っていたということなら、ええ、知っているわよ」アンジーは彼の目に驚きの色がよぎるのを見た。「どうして？　知らないとでも思っていたの？　私がそれを否定するとでも？」

「僕の家族に責任はないという調査結果にもかかわらず、君は僕を責めているからだ。おそらく事実を知らないのだろうと思った」

アンジーは呆然《ぼうぜん》とした。「ティファニーはまだ若かった、それが事実よ。あの子は十八歳の誕生日を祝ってから二カ月後に、あなたのホテルで働きはじめた。十八でお酒を飲むことだってあるでしょう。そうやって大人になっていくのよ」

「君もそうだったのかな、リトルウッド博士?」

アンジーは眉をひそめた。「そんなこと関係ないでしょ」

「そうだろうか?」彼はかすかにほほえんだ。

あまりに超然とした態度に、弁護士の資格でもあるのだろうかとアンジーは思った。私を言葉で翻弄《ほんろう》し、責任逃れをする気なの? 「ティファニーは少し酔っていた、だから自分に責任はないと言いたいのなら、残念ながら、私はそうは思いません。あなたの冷淡な態度は侮辱以外の何物でもないわ。あの子がお酒を飲んだ原因はあなただったのよ。あなたがいけないんだわ!」

これまでなぜ口論を避けてきたのだろう? 思ったことをそのまま口にするのはすばらしい解放感だ。

彼は動揺もせず、嘲笑《あざわら》うかのように黒い眉を上げた。「僕が彼女に飲ませたとでも?」

「同じことよ。ふつうなら出会うはずのないあなたと妹は、不幸なめぐり合わせで知り合ってしまった」

「めぐり合わせ?」

皮肉たっぷりの言い方に、アンジーの怒りはつのった。彼がなにを言いたいのか知らないが、見下しているのは確かだ。

「妹はウエイトレスだったのよ！　あなたのホテルと二年契約を結んだ！　仕事はお酒をつぐこと。あなたのような金満家たちのグラスにね！」声が地下室にこだまし、彼女は大きく息を吸って落ち着こうとした。家族のことはここでも噂になっている。これ以上はもうごめんだった。「ティファニーは若くて、夢見がちで、あなたはそれを利用した。あなたは妹とは別世界の人間なのよ、ミスター・キリアクー。あの子にはそれがわからなくても、あなたはわかるべきだった。モデルとか女優とか、あなたのゲームを理解できる女性だけ相手にしていればよかったのよ。なのに、あなたは妹を拒絶しなかった」声に軽蔑《けいべつ》の響きがこもった。「妹の純真さにつけこんで、あの子を傷つけた」

張りつめた沈黙が続いた。その間も、ニコス・キリアクーは息苦しくなるほどアンジーを見すえている。「妹さんを悪く言いたくはない。しかし、君と僕とでは解釈に大きな開きがある。起きたことについても、妹さんの性格についても」

「もちろんよ！　だからあなたはのうのうと暮らしているんだわ。自分には罪がないと思いこんでね。だけど、ティファニーはギリシアに行くまで、決まったボーイフレンドもいないような子だったのよ。そして、あなたが……」アンジーは顔をほてらせて口をつぐんだ。

彼がもの問いたげに首をかしげた。「そして、僕が？」ひどくやさしい口調で先を促す。「遠慮しないで言ってくれ、リトルウッド博士。僕が君の妹になにをしたか、教えてほしい。正直なところ、君が世界をどんなふうに見ているか、非常に興味がある。人生のほとんどを博物館や大学の研究室にこもって過ごしてきたようだが」

アンジーは内心驚いていた。彼はどうしてこんなに魅力的に見えるのだろう？　危険な香りのせい？　獰猛《どうもう》な爪を隠し持つ虎《とら》のような威嚇的な雰囲気のせい？　彼はとてつもなくハンサムだ。でも、人を寄せつけないその冷たさには身がすくむ。

母がニコス・キリアクーについて語っていたことが思い出された。母は彼のスクラップブックまで作ったのだ。ティファニーの新しいロマンスを母が自慢に思っていることが、アンジーには恐ろしくもあり、いらだたしくもあった。

「あの子より十五歳も年上なのよ」アンジーがそう言っても、母はそっけなく肩をすくめるだけだった。

「彼は名士というだけじゃなくて、大金持ちなのよ。あの子の好きにさせなさい。彼のそばにいれば、上流社会に仲間入りできるかもしれない。彼が億万長者なのは、ビジネスの才能があるってことよ。きっと頭がいいんだわ。スーパーモデルや女優とつき合っても、結婚する気がないから、せいぜい数週間しか続かないんですって。なのに、ティファニーとはもう一カ月以上つき合ってるのよ！　それだけ真剣なのね。すごいと思わない？」

アンジーは信じられなかった。「ニコス・キリアクーのような男性がどうしてティファニーに興味を持つの?」母の言うように頭がいいのなら、ファッションの話題しかない妹には数分で飽きてしまうだろう。妹のことを愛してはいるが、現実は現実だ。

しかし、そんな疑問に母は怒った。「ティファニーがとってもかわいいからよ。ギリシアの男は、女に知恵じゃなくて美貌《びぼう》を求めるの。おまえにはわからないでしょうね。外国語で書かれた分厚い本に鼻先を突っこんでいるのが楽しい夜の過ごし方なんだから。でもね、大金を動かす仕事を終えて帰ってきた男は、知的な会話よりもっと刺激的なものが欲しいのよ。おまえも少しはわからなくちゃ」

アンジーは口の中でぶつぶつ言った。なぜ賢い男たちは美人の前だと間抜けに変身してしまうのか。彼女の父親がそうだった。ニコス・キリアクーも、こと女性に関しては節操のなさでトラブルを起こしているはずだ。母の言うとおり、確かに私にはいつまでたっても理解できないだろう。

彼と向き合っている今、妹の死の責任がだれにあるかは明白だった。「ティファニーは純真だった。いけないところがあるとすれば、ほんの少し愚かだったかもしれないってこと」

「君はそう考えるのか?」

アンジーは彼の黒い瞳に危険な光を見たように思ったが、それはたちまち消え失《う》せ、冷静さが戻った。ところがアンジーはその逆で、自制心の最後のかけらが吹き飛ぶのを感じた。この男の良心に訴えてもむだだろう。そもそも良心など持ち合わせていないのだから。

彼女は妹を精いっぱいかばうことにした。

「あなたは聡明《そうめい》な人なんでしょ。だったらブロンドの髪とお化粧の下になにが隠れているか、わかりそうなものだけど。あの子の本当の姿を知らないなんて言わせないわよ」

「僕は彼女のすべてを知っていた」彼はそっけなく言った。「知らなかったのはどうやら君のほうだな」

「服装と行動のせいで、妹が実際よりはるかに年上に見えたのはよく知っているわよ。でもね、あの子は子供だったの。あなたのルールでゲームができるような年じゃなかった。それをあなたは理解するべきだったのよ。なのに嘘《うそ》の約束をするなんて！」

ニコス・キリアクーは鋭く息を吐き出し、目を細めた。「僕がどんな約束をしたというんだ？」

アンジーはあきれたようにかぶりを振った。知らんぷりをするなんて、ずうずうしいにもほどがある。「あなたは結婚の約束をした。それが口先だけだったことは私たち二人ともよくわかってる。あなたの予定表に結婚という文字がないことは有名だもの」

張りつめた沈黙がしばらく続いた。「どうして僕が彼女と結婚の約束をしたなんて思うんだ？」

「あの子が教えてくれたからよ！　あなたは秘密にしておきたかったのかしら？　だったら妹がうっかりもらして、さぞかし不愉快でしょうね！」アンジーはバッグをつかむと、中をかきまわして携帯電話を取り出した。「妹は死ぬ二週間前にメールをくれたの。お宅のバルコニーから落ちて死ぬ二週間前に！」

彼は不自然なまでに動じなかった。「見せてくれ」

アンジーはメールをスクロールし、〝ティファニー〟のところでとめた。その名前を見て、熱いものがこみあげる。「こう書いてあるわ。〝Nは私と結婚したいって。幸せ！〟これを送ったとき、妹は生きていたのよ」アンジーは携帯電話を彼の手に押しつけると、唾《つば》をのみこんだ。ぜったいに涙なんか見せない。「あの子はあなたを愛し、幸せだった。次のメールは、死んだ晩によこしたものよ。お読みになったらいかが？」

「〝Nの正体が見えた。彼が憎い〟」ニコス・キリアクーは声に出して読み、手の中の電話を見つめた。全身がこわばっている。「だったら、このとおりなんだろう。彼女は結婚を望んでいた。だが、僕にその気はなかった」彼はため息をついた。

アンジーは乾いた笑い声をあげた。「なぜため息なんかつくの？　結婚の約束を信じた妹がいけないんでしょ？　若い女の子はみんな、ハッピーエンドで終わる恋を夢見るものよ。これから十代の娘と遊ぶときには慎重になったほうがいいわ。あの子はあなたみたいな男にはふさわしくなかった。あなたは妹の心をずたずたにしたのよ。だから妹はあの晩お酒を飲んだ。あなたの正体を知ったからだわ」

彼の目に危険な光が宿った。「君は僕のような男についてなにも知らないと思うが」

「妹にふさわしくないことだけは知っているわよ。新聞で見るたびに、あなたは違う女の人を連れているわ」美人でスタイルのいい女性を。「あなたは女性を遊びの対象としか見ていないのよ」

たくましい体がたちまち緊張した。「君は新聞に書いてあることを信じるわけだな?」

「もちろん全部は信じないわ。私はそんなにばかじゃない。でも、火のないところに煙は立たないわ」

「そうかな」

「あなたのような男とティファニーのような娘の話に戻りましょう」

「君が僕の正確な情報を元にしているならね」

挑戦的な物言いに、アンジーはかっとなった。「ごまかさないで! 妹の死をちゃかさないで!」

「妹さんをちゃかしているつもりはまったくない。ましてや、亡くなったことについてはね」

彼のあまりの沈着冷静さに、アンジーのいらだちは頂点に達した。そのとたん全身からいっきに力が抜け、急に一人になりたくなった。

アンジーは椅子に座りこむと、地味な紺のパンツを両手でこすった。「お願い、帰って」彼女は眼鏡をはずして彼を見あげた。「どうしてここに来たのか知らないけど、とにかく帰ってちょうだい。それから、母には会わないって約束して」

彼の視線は相変わらず冷たい。だが、その形のいい眉がかすかに寄った。「なぜ眼鏡をかける?」

「は?」意外な問いかけに、アンジーはきょとんとして彼を見あげ、そこで初めて気づいた。豊かな黒いまつげが厳しい顔立ちをやわらげていることに。「細かいところを見る仕事だから。でも、どうしてそんなことを——」

「コンタクトレンズにするといい。君の不幸な性格がそれで埋め合わせられるとは思わないが、少なくとも外見は穏やかに、もっと女らしく見える」

アンジーは絶句した。お世辞どころか、まったくの侮辱だ。気にしちゃだめよ。彼女は自分に言い聞かせた。外見については、母から似たようなことを言われつづけてきた。アンジー、おしゃれをしなさい。アンジー、髪を切って。アンジー、お化粧くらいしなきゃ。おしゃれをしてもなにも変わらないことが、母には理解できないらしかった。彼女の長女は平凡だった。十人並みに生まれ、十人並みで死んでいく。本人はそれでいっこうにかまわなかった。今は妹を失ったこと以外、なにも考えられない。

アンジーは衝動的に眼鏡をかけた。「あなたの意見なんかどうでもいいわ、ミスター・

キリアクー。ただ、訪問の理由だけは知りたいわね。謝罪する気もないのに、なぜここへ？　嘆き悲しむ人間を見てみたかった？　反対車線の事故を、とろとろ走りながら眺めるような気分？」

彼は返事もせずにアンジーを見つめている。その沈黙に、彼女はいっそう落ち着きをなくした。なぜそんな目で私を見るの？　口をきく気があるの？

ようやくニコス・キリアクーは息を吸いこんだ。その黒い瞳の奥にあるなにかに、アンジーは胃が締めつけられた。なんであれ、彼は不愉快なことを言おうとしている。彼女は直観的にそう悟った。

「どうしてここに来たの？」声がかすれた。

「ブランディジ・ダイヤモンドを知っているか？」

思いがけない質問に、アンジーは眉をひそめた。「なぜそんなことを？」

彼は薄笑いを浮かべると、アンジーの仕事場に並ぶ古代の遺物を手で示した。「リトルウッド博士が歴史と伝説に興味を持っているなら、ブランディジ・ダイヤモンドにはその両方があるからだ」

「あなたが言ったように、私の専門は古代ギリシアの美術と陶器よ。宝石についてはほとんど知らないわ。私には関係ない話だと思うけど」

「ブランディジ・ダイヤモンドは、記録に残っている宝石の中でもとりわけ貴重で、傷のない完全なピンクダイヤだ。時代は不明だが、インドの王子が最初の妻への贈り物にしたと伝えられている。永遠の愛の証《あかし》だ。どうやら王子はその手のことを信じていたらしい」こばかにしたような笑みが彼の口元に浮かぶ。「逸話には事欠かないダイヤだ」

認めるのは悔しいが、彼の知的な口調がアンジーの好奇心を刺激した。「古代の遺物には神話と伝説がつきものだわ。芸術を研究すれば、当時の人たちがどんなことを信じていたか、たいていはわかるものよ」

「そのダイヤは、何代か前、キリアクー家のものになった。それからは、最愛の女性への贈り物にするよう、代々長男に受け継がれている。財産的にも心情的にもはかり知れない価値を持ったダイヤだ」

アンジーの鼓動が速まった。古い時代の話をすると決まって胸がどきどきするのだ。しかし、ニコス・キリアクーは研究者ではないし、いかに刺激的な話題であろうと、この男と楽しむわけにはいかない。「それが妹とどんな関係があるのかしら？」

彼はアンジーの目を見すえると、陳列棚の前まで行って、中の陶器をじっくり眺めた。アンジーは彼の広い肩を見るしかなく、いらだちをつのらせた。

大きなため息をついてから、彼女は繰り返した。「そのダイヤは妹となにか関係があるの？」

「大ありだよ」彼は振り返った。がっしりした顎がこわばり、瞳が地中海人特有の黒檀色《こくたん》に輝く。「リトルウッド博士、君の妹はバルコニーから落ちたとき、ブランディジ・ダイヤモンドを身につけていた。君が受け取った遺品の中にダイヤのネックレスがあったと思う。それを返してもらおうか」

2

アンジーは目をまるくして彼を見つめた。「そのダイヤを、あの晩妹が身につけていた？　値もつけられない貴重なブランディジ・ダイヤモンドを？」

ニコス・キリアクーの体に緊張が走った。「そのとおりだ」

「あなたの一族の男性が永遠の愛の証《あかし》として女性に贈るダイヤなんでしょ？」アンジーはわざとらしく笑った。なんとも皮肉な話ではないか。「妹はその逸話を知っていたの？」

彼の力強い顎がこわばった。「おそらく」

「だったら、あの子はあなたに愛され、あなたに結婚の意思があることを心から信じたわけね？」

「君は優秀な考古学者のわりに、事実を間違って解釈する危険な才能を持っているようだ」彼の声にいらだちがにじんだ。

アンジーはしらけた笑い声をあげた。「それどころか、私は事実がはっきりしたと思っているわ。答えてちょうだい、ミスター・キリアクー。あなたは私の妹を愛していた？」

一瞬のためらいが、彼の答えだった。「お互い了解のうえでのことだった」

アンジーはうなずいた。「でしょうね。まだ未熟な妹は、お金と愛情を餌《えさ》にされたら、ころりとだまされたでしょう。あなたのような経験豊富な切れ者には、いいかもだったと思うわ」

「妹さんの死について、これ以上話す気はない」怒気を含んだ声に、アンジーは満足した。氷のような冷静さがついに溶け、憤りに変わったのだ。「君はあのダイヤが彼女のものではないことをわかっていれば、それでいい」

そう、彼はダイヤを取り戻したがっている。

アンジーは気持ちが高ぶるのを感じた。切り札を握っているのは私だ。ティファニーへの愛情をこれっぽっちも示さない彼を見て、自分の直感は正しかったと確信できた。この男は財産と権力にしか興味がないのだ。ティファニーよりもダイヤを失うことのほうが重大なのだろう。妹が死んだときにダイヤを身につけていなければ、わざわざここまで来なかったに違いない。いいわ、彼に愛情というものを教えてやろうじゃないの。

「あの子がお宅のバルコニーから落ちて死んだ夜、そのダイヤを身につけていたのなら、たぶんあなたが渡したのよね。それで、さっきあなたはなんて言ったかしら?」アンジーは眉間《みけん》にしわを寄せ、思い出すふりをした。おもしろくなってきた。「ダイヤは愛の証、最愛の女性への贈り物? だからあの子はメールをよこしたのよね。名だたるダイヤのネックレスをもらったんだから必ず結婚できるって」

彼はアンジーの目を見すえたまま近づいてきた。「リトルウッド博士、君は古美術品を見たとき……」彼女のデスクから陶片を取りあげ、ゆっくりと手の中でころがす。「それが本物だと即断するのか?」

アンジーは顔をしかめた。「即断なんかしないわ。年代を特定して価値を見きわめる技術があるもの」

彼は手の中の陶片を撫《な》で、その紋様を眺めた。「つまり、見かけどおりとは限らないことを知っているわけだ。この不完全な世の中では、まがい物が立派に見えることもあると?」

「ええ、だけど——」

「学者として、君は目に見えるものの背後にある真実をさぐるのが仕事ではないのか?」彼は陶片をおおげさなほどそっとデスクに戻した。「無知蒙昧《もうまい》のやからとは違って、外見だけで判断せずに?」

証拠や根拠があって初めて結論を出す。それが私のやり方だ。アンジーはむっとしたが、彼はまた言葉で翻弄《ほんろう》する気だと思い直した。おそらく妹にもそうしたのだろう。母によれば、彼は日々大金を動かしているそうだから、交渉術には長《た》けているはずだ。でも、私には通用しない。

「妹はあなたを愛していた。メールを読めば、あなたと結婚できると信じていたのがわかるわ。そしてダイヤをもらった。愛する女性に贈る貴重なダイヤをね。それでもあなたは、うわべで判断するのは危険だと言うわけね？」アンジーは立ちあがった。怒りのあまり言葉が出てこない。「申し訳ないけど、外見がまやかしのこともあれば、逆にびっくりするほど正確な場合もあるわ。第一印象そのままってこともね」

「ダイヤは君の妹のものではない」

脅すような押し殺した彼の声に、アンジーは虎《とら》がついに危険な爪をむき出したのだと感じた。「でも、妹はそれを身につけ、あなたを愛したまま死んでいったのよ。真実は明らかじゃないかしら？」

我慢も限界を超えたのか、彼は短いため息をつくとギリシア語でまくしたてた。こちらには意味がわからないと思いこんでいるのだろう。

私のことを調べ尽くしたつもりらしいけれど、おあいにくさま。私はギリシア語に堪能《たんのう》なのよ。アンジーはデスクを見つめ、彼が落ち着くのを待った。もし英語で罵《ば》詈《り》雑言をぶつけられたのなら、さすがにひるんだだろう。だが、ギリシア語なら、彼が自制心を失ったという事実に満足し、自分の感情の高ぶりをいくらかしずめることができる。とにかく、彼でも多少はなにかを感じるらしい。たとえそれがこちらには納得のいかない怒りと不満であれ。

彼はデスクに両手をつき、ぎらつく目でアンジーを見すえた。「ダイヤが戻ってくるかどうかは、キリアクー家にとってきわめて重大な問題なんだ」

ギリシア語が話せることを教えてあげる？　いいえ、よそう。アンジーはうっすらと笑みを浮かべた。

「私には妹の死がきわめて重大な問題よ」彼女は天井を仰いだ。涙があふれてくる。「私たち、根本的に違っているみたいね、ミスター・キリアクー。大切なものが、あなたの場合は物、私の場合は人間。私は古代の遺物を相手にしているけど、遺物は人間についてたくさん教えてくれるのよ。彼らがどんなふうに生きていたかをね。そして今、貴重なダイヤがあなたについてたくさん教えてくれたわ。あなたがここに来たとき、私はあなたが状況を説明して謝罪するものだと思いこんだ。ところがあなたは、なくした財産を取り返すことしか考えていなかった」

彼はすでに初めのような沈着冷静さを失っていた。そのかわり、黒い瞳は危険な光を放ち、唇は真一文字に結ばれている。爆発寸前の火山のようだ。良識ある人間ならだれだって、こんな場にはいたくない。アンジーはバッグをつかむとドアに向かった。「わざわざ来てくださってありがとう、ミスター・キリアクー。お話しできて、とても楽しかったわ」

アンジーは降りしきる雨の中を歩き、観光客で込み合う地下鉄に乗った。家に帰り着くと、やけに静まり返っていた。キッチンテーブルには、からっぽのシェリーの瓶。母がどうやって時間を過ごしたか、すぐにわかった。眠って酔いを醒《さ》まそうと、今はおそらくベッドの中だろう。

ニコス・キリアクーとの口論に疲れきっていたものの、アンジーは濡《ぬ》れたコートを脱ぐなり、屋根裏へ行った。母はギリシアから届いたスーツケースをそこへ運んだ。中には妹の遺品がつまっている。

屋根裏は埃《ほこり》が積もり、古い家具や収納箱でいっぱいだったが、スーツケースはすぐわかった。アンジーはファスナーを開けかけて躊躇《ちゅうちょ》した。胸がいっぱいだった。母はこれを決して開けようとせず、アンジーはそんな母を責めなかった。同じ思いだったからだ。パンドラの神話が頭に浮かぶ。なにがあっても箱を開けるなと言われながら、好奇心に逆らえず、パンドラはこの世に諸悪を解き放った。アンジーはスーツケースを開けられずに唇を噛《か》んだ。見たくもないものが入っているんじゃない？　人生を変えるようななにかが？

いつものようにばかばかしい空想が頭をもたげたのにいらだち、アンジーは息をつめると、いっきにファスナーを開けた。いきなりきらきらした布のおおいが目に飛びこんできた。いかにも派手好きの妹らしい。思わず頬がゆるむ。まずはハンドバッグを取り出した。

ひどく汚れていて、胸がつまる。おそらく転落したときに持っていたのだろう。汚れの原因を考えないようにしてバッグをわきに置き、衣類を取り出していく。そこでふと手がとまった。

それはスーツケースの底にあった。屋根裏の小窓から差しこむ明かりを受けてかすかに輝くのを見て、アンジーは息をのんだ。ダイヤモンドの知識がまるでない彼女の目にも、そのネックレスはとてつもなく美しく見えた。

アンジーはうっとりしてネックレスを手に取った。石の重みをてのひらに感じる。思いがけず涙がこぼれ、息ができなくなった。妹は最後の日にこれを身につけていたのだ。これが妹の首を飾り、その肌に触れ……。

「寂しいわ、ティファニー」アンジーはつぶやいた。そのとき、だしぬけに声をかけられ、ぎょっとした。

「それはなに?」

アンジーはまばたきして涙を払うと振り返った。母親がダイヤモンドをじっと見おろしていた。この半年で初めて目を輝かせている。

「キリアクー家のものらしいわ」アンジーはそう言うと、母親がティファニーの持ち物を見ずにすむよう、あいているほうの手でスーツケースを閉めた。「黙っていようと思ったんだけど、今日ニコス・キリアクーが博物館に来てこれを返せって言ったのよ」あえて詳しくは話さなかった。母親もきかなかった。その目はアンジーの手にのったダイヤモンドに釘《くぎ》づけだった。

「かわいいティファニーはそれをつけて死んだのね？　ブランディジ・ダイヤモンドを」アンジーはびっくりして母親の顔を見た。「このダイヤのことを知っているの？」

「もちろんよ。アリストートル・キリアクーの奥さんがつけているのを写真で見たことがあるから。たしかエレニとかいう名前だったわ。貴重なものだから、人前ではあまり身につけなかったみたい」

それが今、屋根裏にある。アンジーは頭がくらくらした。もし盗まれたら？　世界に名だたる途方もない価値を持ったダイヤが、ノース・ロンドンのテラスハウスの屋根裏にあるなんて、泥棒には想像もつかないだろう。彼女は思わず笑いそうになった。

「そうなの……」アンジーはダイヤモンドを握り締めた。こうしていると、死んだ妹とつながっているような気がする。「でも、キリアクー家に返さないとね」自分のために、母のために、そう言った。妹のものでもない宝石にセンチメンタルな感情を抱くのはおかしいとわかっているが、それでも手元に残しておきたいと思った。ティファニーの遺品はごくわずかだし、とりわけこれは最後に身につけていたものだ。

「返しちゃだめよ」

母の気持ちがわかり、アンジーは表情をやわらげた。「あの子の一部を失うような気がするから?」

「違うわよ」母はいらだたしげに娘を見た。「ろくでなしに仕返しできるからよ」

アンジーはたじろいだ。何年かかっても、自分の母親のことは理解できないだろう。

「よしてよ、お母さん。私たちのものじゃないんだから」母の硬い表情から、てのひらで輝くダイヤモンドへと視線を移す。ニコス・キリアクーの言葉は忘れられない。〝最愛の女性への贈り物にするよう、代々長男に受け継がれている〟そして、彼がティファニーを愛していなかったのは、はっきりしている。

「ティファニーがそれをつけていたなんて」

感心したように言う母親に、アンジーは怒りすら覚えた。いったいなにを考えているの? 母は誇りというものをはき違えているのではないだろうか。

「ニコス・キリアクーはセックスの代償にネックレスを与えたのよ」アンジーは立ちあがり、階段へ向かった。「自慢するようなことじゃないと思うけど」

「結婚したい女性に贈るのよ」

アンジーは階段の途中でとまった。「え?」

「ダイヤのこと。結婚したい相手に贈るんだって、アリストートルの奥さんのインタビュー記事に書いてあったわ。かわいいティファニーがつけていたのなら、ニコス・キリアクーが結婚したがっていた証拠よ」

「彼には結婚の意思なんてさらさらなかったの」アンジーはうんざりして言った。「そんな男じゃないのよ。お父さんとそっくり。次々と女を取り替えていくだけ。愛情なんかまったくなしにね。彼がティファニーと結婚するつもりだったわけがないわ」

「だったら、彼に思い知らせてやりなさい！」

「ばか言わないで」アンジーは階段の下に着くと、下りてくる母親に手を貸した。「キリアクーはとんでもない大金持ちなのよ。何カ月か前、お母さんが記事を見せてくれたじゃないの。ジェット機五機に九つの屋敷。ギリシアには島も持ってる。島まるごと、彼のものなのよ」言いたいことが伝わるよう、ゆっくりと話す。「彼にはビジネスの才能があるんでしょ。お母さんがそう言ったじゃない。それにひきかえ、うちはどう？　ここはノース・ロンドン。家はテラスハウスで、ローンはたっぷり残ってる」

母親の唇がわなわなと震えた。「お父さんが女に貢いで破産したのは、私の責任じゃないわ」

アンジーはため息をついた。「お母さんを責めてるわけじゃないの。キリアクーに思い知らせてやるような立場にはないと言いたいだけ。いくらそうしたくてもね」まして私はただの考古学者で、お母さんは大酒飲みだしね、と心の中でつぶやく。

「あの男のダイヤがここにあるじゃないの」

アンジーは眉をひそめた。「本気で返すなって言っているの？　それは無理よ。ダイヤは法的にキリアクー家のものなんだから。返還を求めて訴訟を起こすことだってできるわ。こちらに正当な理由はないのよ」そこでまたつまらない想像をした。法廷に立ち、ダークスーツの弁護士相手に訴えているところだ。〝妹の肌に最後に触れた宝石だから持っていたいのです……〟しかし、そんな感傷が失笑を買うだけなのは、自分でもよくわかっている。

母親のまなざしが険しくなった。「あいつに思い知らせてやるのよ！　私のティファニーをひどい目にあわせた償いをさせてやる！　あいつはギリシア人でしょ？　復讐《ふくしゅう》よ！　ギリシア人は復讐を繰り返してきたじゃないの。おまえだってくだらない話を読んでそれくらい知ってるわよね」

「神話よ、お母さん。あれは神話というものなの」

母親はふんと鼻を鳴らした。「なんだっていいわ」

「事実じゃなくて、作り話なのよ。生きている人間は復讐なんてしないの」母の飲酒癖について医者に相談すべき頃合《ころあい》かもしれないと、アンジーは思った。「彼に連絡して、ダイヤを返すわね。それが当然だから。さあ、寝てちょうだい。また明日」

階段講堂のうしろで、ニコスは目を細めて眺めていた。学生たちが鞄《かばん》とノートパソコンを手に、おしゃべりしながらぞろぞろ入ってくる。女子学生は例外なくニコスに興味津々で、期待をこめたまなざしを向けたが、彼のほうは気にもとめず、講堂の正面を見つめていた。彼が待っているのは、リトルウッド博士だった。

昨日会ったとき、ニコスはかつてないほどいらだち、腹を立てた。交渉が簡単にすまなかったからではない。最初からそんなことは期待していなかった。それよりも、自分が問いつめられ非難されることに慣れていないのに気づかされたからだ。アンジー・リトルウッドはその両方をやってのけた。

彼女に責めたてられ、ニコスはティファニーの一件についてすべて告白する寸前まで追いつめられた。しかし、自制心を発揮して、なんとか愚かなまねをせずにすんだ。アンジー・リトルウッドに真実を伝えたら、自分の家族がみじめな思いをする恐れがあった。彼女が洗いざらいマスコミに暴露でもすれば、不愉快な騒動になるのは目に見えている。そんな騒動が過去にどれだけ悲惨な結果をもたらしたことか。

脳裏に浮かんだおぞましい光景を、ニコスは無理やり振り払った。あれを繰り返してなるものか。家族はなんとしてでも守り抜く。彼は心に誓った。

ブランディジ・ダイヤモンドさえ取り戻せば、醜い芝居の幕は下り、リトルウッド家とも縁が切れる。ただし、その日はまだ遠いだろう。それにしても、あの姉妹はまったくタイプが違う。もちろん、姉も妹同様、これっぽっちも魅力がない。理由はそれぞれ違うとはいえ。

そして今、姉は自分の講義に遅れていた。ニコスは時間に関しては厳しかった。腹立たしげに時計に目をやると、そこへアンジー・リトルウッドが駆けこんできた。ファイルの山を危なっかしくかかえ、髪はうしろでとめたクリップからはみ出している。

アンジーは息を切らして講壇に上がった。マイクのスイッチを入れる手が震えている。

「遅れちゃって、ごめんなさい」かすれた声に女らしさがのぞき、それがニコスの男の本能を刺激した。

ニコスは自分の反応にぎょっとし、いらだち、体の興奮をしずめようと座り直した。なぜあんな女に反応するのか。ふつうなら、目もくれない女だ。女であることを満喫している女性ならよく知っているが、アンジー・リトルウッドは女であることに無関心、いや、無視しているようにさえ見える。ジャケットの下は地味なタートルネックのセーター。紺色のパンツもやはり地味で、昨日はいていたのと同じだ。人の気を引くよりも実用性や着心地を優先した服装と言える。

事前に知っていなければ、彼女とティファニーが姉妹だとはとうてい信じられなかっただろう。といっても、似たところがなくはない。ニコスはアンジー・リトルウッドの豊かな胸やウエストのくびれを見つめた。彼女が腕を上げてスライドを指すと、袖口《そでぐち》からほっそりした手首がのぞいた。ティファニーの魅力は華奢《きゃしゃ》な外見で、いかにも女らしいその特徴は姉にも当てはまるようだ。

昨日の彼女の挑戦的な態度を思い出し、ニコスは苦笑した。あのときは華奢さなどみじんも感じなかった。そして、かばいようのない妹の行動を弁護する姿は、不快以外の何物でもなかった。

周囲の学生が講義に聞き入っているのに気づき、ニコスもしかたなく耳を傾けた。ところが意外にも、古代ギリシア陶器の講義はおもしろかった。古代に命と意味を吹きこみながら語る彼女の姿を眺めて、自分のテーマがよくわかっていると感じた。

彼女はいくつか陶器を用意し、スライドと合わせて講義している。ノートを見もせずによどみなく語るようすから、研究対象を愛しているのがわかった。時間を気にせず、髪がほつれるのも気にしない。身ぶり手ぶりを交えるたびに髪がほどけていき、ついにクリップがとれて肩に垂れた。すてきな色だとニコスは思った。彼女は髪を手でまとめつつ話を続け、その息をするのさえ惜しいような熱心さに、講堂全体が魅せられたように静まり返った。

やがて彼女はようやく一息入れ、時計をちらりと見た。「また時間オーバーね！　今日はここまで。プリントを用意したから、欲しい人はどうぞ。博物館の二階にもっと標本があるから、金曜日までに時間を見つけて行ってみて」赤毛が炎のように肩にかかり、ニコスはその変貌《へんぼう》ぶりに男として驚きを覚えた。彼女は今、まじめな考古学者には見えなかった。では、なんに見える？　一人の女？

彼女が髪をクリップでとめ直すようすには、〝こんな煩わしいもの〟といういらだちがありありだった。そこへ学生が一人、質問にやってきた。

彼女はたちまち髪のことなど忘れ、学生と熱心に話しはじめた。また別の学生が近づいていく。やがて講堂がからっぽになり、二人の学生はしかたなく立ち去った。

ニコスは立ちあがると階段を下りていった。教卓の上のファイルをまとめていた彼女は、そこで初めて顔を上げ、目の前にニコスがいるのに気づいた。

「あなたが古代ギリシアの陶器に興味を持つなんて驚きだわ」ファイルを胸の前にかかえ、つっけんどんに言いながらも、ショックは隠せていない。「きっとほかの用事があるんでしょうね」眼鏡の奥で、青い瞳がいっそう青さを増す。ニコスは眼鏡をとって素顔を見つめたいと思った。

「ふざけるのはよそう」自分でもよくわからない怒りがわきあがり、ニコスは教卓に近づくと陶器を取りあげ、逆さにして眺めた。「なかなかよくできたプシクテル――ワインクーラーだ。これにワインを入れて水にひたし、十分冷えたところで飲む。紀元前五百年くらいのものだって?」

アンジーの目がまんまるくなった。「ちゃんと講義を聞いていたのね」

「僕はギリシア人だよ」ニコスは陶器を教卓に戻しながら静かに言った。「当然、母国の遺産には興味があるさ。そして、家族の遺産にもね」

しばし沈黙が流れ、彼女は顎をつんと上げた。「ダイヤのことなら、私はまだ見てもいないから」

「それはないな」ニコスは彼女の鼻を見て、そばかすがあるのに気づいた。「昨日、君は帰宅したとたんさがしたはずだ」彼女の頬がぽっと染まり、ニコスは推測が当たっていたことを知った。

「昨日は家に帰ったらすぐ母の世話をしたの。ティファニーの訃報《ふほう》を聞いてからは、ひどく具合が悪いのよ。妹の遺品を見るなんて、あとまわしだわ」

「だったら、スーツケースを渡してほしい。僕が自分で確かめるから」

彼女の目に軽蔑《けいべつ》の色がよぎった。「うちの周囲百キロ以内に現れたら、警察に通報するわよ」

相変わらず挑戦的な彼女の態度に、ニコスはいらだった。「ダイヤを返せと言ってるんだ」

「命令される覚えはないわ。敬意を払っていない相手からはとくにね」

ニコスは戦法を変えた。「金になるとでも思っているのなら大間違いだ。あのダイヤは君のものでも亡くなった君の妹のものでもない。売ろうとしたところで、買い手が見つからずに持て余すのが落ちだ。まともな売人なら、あれだけの宝石を扱うはずがない。値のつけようがないからだ」

「またお金の話？」彼女があきれたように天井を仰ぐと、炎のような赤い髪が肩に降りそそいだ。「ほかに考えることはないの？　悲しい人生ね！」

彼女の目に浮かぶ怒りを見て、ニコスは再びその変貌を目の当たりにした。優秀な研究者から、感情的な女へ。深い青い瞳と荒々しい炎のような赤毛に目を奪われずにはいられない。完璧《かんぺき》をめざす男のじゃまにしかならない女性に慣れきったニコスは、わけのわからない衝動に駆られた。彼女の乱れた髪に触れたい、その唇に口づけしたい。彼女はどれほど情熱的なのか？

あるまじき空想におじけづき、ニコスは触れたくても触れられない距離まであとずさった。「金の問題ではない。当然の権利を主張しているだけだ」

「あなた、恥ずかしくないの！」彼女はニコスにつめ寄った。「半年前、妹はあなたの家のバルコニーから落ちて死んだのに、あなたはなんの連絡もよこさなかった。知らんぷりだったのよ！　そして、ようやく現れたと思ったら、臆面《おくめん》もなく宝石を返せですって？　あなたには情ってものがないの？　人間らしさは？」興奮のあまり全身が震え、彼女は何度か大きく深呼吸をした。

ニコスは彼女の唇を見つめた。ふっくらしていてなまめかしく、小さなえくぼが繊細な印象を添える。空気が張りつめるのを感じたニコスは、アンジー・リトルウッドは官能とは無縁の女だと心の中で繰り返した。「お悔やみは最初に言ったはずだ」

彼女はニコスの正面に立ち、燃えるような目で彼を見あげた。かすかな香りが鼻をくすぐる。香水を楽しむような女だろうかとニコスは考え、いや、たぶんシャンプーだと思った。

「心のこもらない言葉にはなんの意味もないわ。お互いわかっているはずよね、あなたには感情がないってことを」彼女は吐き捨てるように言った。

ニコスは歯をくいしばった。「君の態度には目をつぶろう。妹の死を悲しむあまりのことだと」

彼女はあえいだ。「私の態度ですって？　純粋な若い女の子を誘惑して捨てたのは私じゃないわ。その子に泥酔してバルコニーから転落するほどの悲しみを味わわせたのもね。態度を問題にするのなら、私のじゃなくてあなたのよ。念のため言っておくけど、私には目をつぶる気なんてありませんから。あなたは冷酷で身勝手なろくでなしよ……」彼女は自分の言葉に絶句し、片手で口を押さえた。顔が青ざめる。「ご、ごめんなさい」

ニコスは眉を上げた。「なにをあやまるんだ？　君の妹がしょっちゅう使っていた単語を口走ったからか？」

彼女の頬に赤みが戻った。「私たちは違うわ、いえ、私は……」なにを言い合っていたのか思い出すように、かすかに顔をしかめる。「あなたは財産のことしか頭にないけど、ほかにも大切なものがあるのを学ぶべきよ。宝石はまだ返す気になれないわ」声がかすれた。「妹が最後に身につけていたんだもの。だいたい、あなたには必要ないでしょ？　最愛の女性に贈るそうだけど、あなたにハートがないのははっきりしているわ」

ダイヤを返す気になれない？　ニコスは愕然《がくぜん》として彼女を見つめた。まさか、返却を拒否されるとは夢にも思わなかった。生まれて初めて敵を過小評価していたことに動揺し、ニコスはその場に立ち尽くした。彼女が講堂を出てたたきつけるようにドアを閉めるのを、呆然《ぼうぜん》と見送る。ドアの閉まる音ががらんとした講堂にこだました。

彼女のきらめく青い瞳と燃えるような赤毛が脳裏から離れない。

おい、とニコスは心の中でつぶやいた。これからどうする？

3

妹はあんな男のどこがよかったのだろう?

自分でも思いがけない怒りの爆発に、アンジーは震える手で髪をまとめ、クリップでとめた。

正直なところ、自分のとった行動が恐ろしかった。自分の性格を簡単に述べよと言われたら、迷わず〝冷静〟〝論理的〟と説明するだろう。ところが今日、ニコス・キリアクーを前にした私は論理的どころではなかった。冷静さにいたっては論外だ。

アンジーは落ちこんだ。声を荒らげ、卑しい言葉を使って、まるで母のようだった。だがたぶん、母が言っていたとおりなのだろう。どう見ても事実は明らかだ。ニコス・キリアクーと妹はつき合い、やがて破局した。そして今、あのギリシア人の望みは一つ。ネックレスを取り返したいだけ。間違いなく、次の女性に贈るために。

アンジーは唇を嚙《か》んだ。恋愛にかかわることは苦手だが、彼に結婚の意思がなかったのは明らかだ。母によれば、あの男は一人の女性と数週間つき合うのがせいぜいだという。

妹はだまされたのだ。

アンジーは鞄《かばん》にファイルをしまうと、胸に手を当て、セーターの下にネックレスがあるのを確かめた。首にかけるなんてばかげているが、妹を近くに感じられるし、だれにも見られずにすむ。キリアクー家に返すまでは、こうするのがいちばん安全だ。

言うまでもなく、今日返すべきだった。地味なセーターの下に手を入れ、留め具をはずして彼に渡す。それでおしまい。少なくとも彼にとっては。でも、私にとっては……。

妹が身につけていたものを手放すのはつらい。

ばかみたいだと思いながら、アンジーはドアから出た。価値あるダイヤを死ぬまで服の下に隠しつづけるなんて、しょせん無理な話だ。感傷的になるのはやめて、彼に返さなければ。妹がもらったダイヤに触れるより、もっとほかの形で慰めを得たほうがいい。

正しいことをするべきだ。

ダイヤは返そう。

「大丈夫？　ちょっと気になっちゃって」ヘレン・ナイトリーが戸口に現れた。アンジーはコンピューターから目を上げて、眼鏡のずれを直した。

あれから二日たつが、ニコス・キリアクーから連絡はない。奇妙な沈黙に、よけい彼女はいらだった。「大丈夫よ、ありがとう」

「この前はごめんなさい」ヘレンは新聞を持っていた。「彼が私のオフィスに来てあなたに会いたいって言ったとき、予約がないとだめだって断ったんだけど、ぜんぜん聞いてくれなかったのよ」

アンジーは力なくほほえんだ。「人の話に耳を貸すような人じゃないみたいよ」

「お悔やみを言いに来るなんて、いい人だと思うけど」

デスクの下でアンジーは爪先に力をこめた。「きっとね」彼の訪問の目的が悔やみを言うためでなかったことを言いたくはない。

「恋人を失ったんだもの、彼もきっとつらかったでしょう」ヘレンはため息をつくと、新聞を差し出した。「ほかの人から見せられるより先に読んでおいたほうがいいと思って。ちょっとびっくりよ。でも、彼もあなたと同じように必死に乗り越えようとしているのね。それは責められることじゃないわ。お母さんの具合はどう？」

「元気よ」アンジーはいやな予感を覚えながら新聞を受け取った。ちょっとびっくり？どんな記事なの？「必死に乗り越えようとしているって、どういう意味？」

「二ページ目を見てよ。〝ギリシア人富豪、悲劇のあとで慰めを求める〟」

口の中が乾き、鼓動が速まる。アンジーは震える手で新聞を開いた。すると、ナイトクラブから出てくるニコス・キリアクーの大きな写真があった。ぴったりと寄り添うのは、すらりとしたブロンド女性だ。アンジーは紙面を見つめた。危険な感情が渦巻く。ショック、痛み、怒り。彼女は新聞をデスクに置くと、大きく息を吸いこんで気を落ち着けようとした。だから彼はダイヤを必死に取り戻そうとしたの？　この女性に贈るために？
ヘレンが申し訳なさそうに言った。「見せないほうがよかったかしら……」

「ううん、そんなことないわ」アンジーは頭をはっきりさせようと立ちあがり、うつろな目でヘレンを見た。「自分自身のこと、よくわかっているつもりだったのに、なにかのきっかけで意外な一面を発見するって経験はない？」

ヘレンはとまどっているようだ。「うーん……ないと思うけど。あなたは悲しい出来事を経験して、まだショックから立ち直ってないのよ。頭が混乱したり、なんだか変だと思ったりするのは当然だわ」

「なんだか変だとか、そういう感覚じゃないのよ」アンジーが感じているのは怒りだった。妹の死をささいな不快な出来事として切り捨てようとするニコス・キリアクーへの怒り。おおっぴらに別の女性とデートをして、良心の呵責《かしゃく》を覚えない男への激しい怒り。こんな写真を見たら母がどう思うか、あの男はこれっぽっちも考えなかったのだろうか？

彼を徹底的に傷つけたい。その思いがアンジーの中でふくらんだ。彼女は拳《こぶし》を握り締め、生まれて初めて復讐《ふくしゅう》心というものを実感した。そして、母があれほど騒ぎたてたのも、今なら理解できる気がした。彼の情のなさや傲慢《ごうまん》さに、侮辱されたように感じ、なんとしてでも彼を苦しめたいと思った。

アンジーは椅子に座りこんで、冷静になろうとした。自分を取り戻さなくては。信望のある考古学者。教養のある女性。対立は話し合いで解決できると信じる平和主義者。〝目には目を、歯には歯を〟とはこれっぽっちも思わない。だったらなぜ、妹が傷ついたようにニコス・キリアクーも傷つくべきだなんて考えるの？

「もう帰りなさい」ヘレンがアンジーに近寄り、指をこじ開けて新聞を取りあげた。「二、三日、休暇をとるといいわ。早く立ち直ろうとあせっちゃだめよ。ミスター・キリアクーに会って、また傷口が開いたんだわ」

「ええ、そうね」さまざまな感情に襲われてぼんやりした頭で、アンジーはコンピューターのスイッチを切って立ちあがった。「新鮮な空気を吸ったほうがいいかもしれない。自分が自分じゃないみたいなの。でも、新聞は読みたいわ。もらってもいい？」

ヘレンはためらいながらも新聞をアンジーに渡し、ドアへ促した。「病院で安定剤かなにかもらうといいわ。落ち着くまで出勤しなくていいから」

まだぼんやりしたまま、アンジーは新聞をバッグに押しこみ、石の階段を上がっていった。恐竜展を見に来た来館者の間を抜け、博物館の回転ドアから外の通りへ出る。妹のことだけを考えながら、肩を落として歩いた。ティファニーは若く世間知らずだった。ダイヤの贈り物は、あの子にはものすごいことだったに違いない。片や、あの男にとってはなんの意味もなかった。アンジーはセーターの下に隠したネックレスに触れた。妹と同じものを身につけていることに、言葉では説明できない安らぎを覚えた。

雨が降りはじめたが、アンジーは気にしなかった。ニコス・キリアクーに結婚の意思がないとわかったとき、妹はどんな思いがしただろう？　二人の関係が不毛だと知ったときは？　妹とつき合っている間も、彼はほかの女に目を向けていたのだろうか？

涙が流れ落ちたが、頬はとっくに雨で濡《ぬ》れていて、だれにも気づかれなかった。通りを歩く人々は足を速め、アンジーの悲しみに気づきもしない。帰巣本能だけで彼女は家に帰り着き、震える手で玄関のドアの鍵《かぎ》を開けた。

最初に目についたのは、キッチンテーブルに置かれた半分からのウイスキーのグラス。顔にかかる濡れた髪をかきあげると、アンジーはグラスを手に取り、悲しげに見つめた。また母は飲んでいたのだ。アルコールはすべて捨ててしまおう。

そのとき、玄関のチャイムが鳴った。アンジーはため息をついて、グラスを手にしたまま玄関へ向かった。母を気にかけてくれる近所の人だろうから、無視するわけにはいかない。

私の生活はどうしてこんなふうになってしまったのかと考えながら、ドアを開けた。

そこにニコス・キリアクーがいた。冷たくハンサムな顔にいらだちがよぎる。「単刀直入に言おう。今回の件に関して、僕なりに精いっぱい対処したつもりだが、君は歩み寄ってくれなかった。そこで、そろそろゲームを終わりにしたいと思う」アンジーが持ったグラスをちらりと見やり、目に不信の色が浮かぶ。「どうやらアルコールに頼る家系らしいな」

ウイスキーのグラスを手にして玄関に立つなんてアンジーらしくなかったが、それでも彼の偉そうな言い方とばかにした顔つきに、反省する気もなくなった。今日一日、緊張が続いて、今、彼女の中でなにかがはじけた。「僕なりに精いっぱい？　それはいつのことかしら？　私には記憶がないけど。なにもかもあなたが引き起こした問題なんだから、殴られないうちに帰ったほうがいいわよ」

豊かな黒いまつげが彼の目の表情を隠した。「それで気がすむなら、すべて僕のせいにしたらいい」彼は穏やかに言った。「ただし、君の妹のアルコール依存症が僕の責任じゃないのははっきりしている」

「あなたの責任じゃない？」みじめさと悲しみが怒りに変わった。「妹は不運にもあなたとつき合うことになった。それだけで十分、アルコールに頼る原因になると思うけど。あなたに出会い、あなたと過ごし、お酒に頼るしかなくなったあの子の気持ち、私には手に取るようにわかるわ」声が険しくなる。「かわいそうな妹はそうでもしないと耐えられなかったのよ。あなたと一緒にいないといけない不幸な状況に置かれたら、私だってきっと飲みすぎるわ」

彼にじっくりと眺められ、アンジーはそわそわした。雨に濡れた姿は、新聞で見た美しい女性の完璧《かんぺき》な姿とはかけ離れている。

彼はばかにしたような薄笑いを浮かべた。君の話は聞くに堪えないとでも言いたげだ。「君と僕が一緒に過ごすなんてことはありえないよ。君は僕が選ぶような女性じゃない」

アンジーは怒りのあまり絶句した。「さよなら」ドアを閉めようとすると、彼は隙間《すきま》に靴の先をはさんで、強引に中に入ってきた。

「言ったはずだ。もうゲームにはうんざりなんだよ」彼はドアを閉め、厳しいまなざしでアンジーを見た。「僕の所有物を返してくれれば、すぐに帰る」

「あなたは妹に結婚を約束して捨てたのよ!」

ニコスは一歩あとずさって、感情のない冷たい声で言った。「君の妹のような女とはぜったいに結婚しなかったはずだ。想像するだけでぞっとするよ」

あんまりな言い方に、アンジーは息をのんだ。「いいかげんにして。妹が死んでも、あなたにはただの不愉快な出来事でしかないのね。帰って!」

「こんなおぞましい家族とは縁を切ることが、僕にとっての最優先事項でね。ところが不運なことに、ダイヤを取り戻さない限り、それができないんだ」

彼はリトルウッド家とかかわっていることを恥じているのだ。アンジーはあからさまな侮辱にいっそう傷ついた。彼女自身、母や妹のふるまいには悩んでいたが、今はそんなことはどうでもいい。問題は、彼がティファニーを結婚相手ではなく、ただのベッドの相手だと思っていたことだ。

「あれはもうあなたのものじゃないわ。プレゼントはプレゼントだもの。今度だれかに貴重なものを贈るときは、よく考えたほうがいいわ」

ニコスは動じなかった。「あれは君の妹のものではない」

「でも、死んだとき身につけていたわ」アンジーは言い返した。「盗んだのでもない限り、我が家のものでしょ。これをきっかけに、あなたも自分の生き方を考え直したほうがいいかもしれないわね。妹のような女とは結婚しなかったはずだって言ったけど、あなたはいやいやあの子を誘惑したわけ？　博物館まで押しかけてきて、悔やみはそっちのけで、贈った物を返せの一点張り。あなたの中には冷酷非情なモンスターでもいるのかしら？」

彼の怒りの爆発はだしぬけだった。目をぎらつかせ、アンジーが聞いたこともないギリシア語の単語でまくしたてた。しかし、たとえ意味を理解できなくても、日に焼けたハンサムな顔が恐ろしい形相にゆがんでいれば、その怒りは十分に伝わってくる。

まるで火山の噴火だった。アンジーはテーブルの下に隠れたくなったが、それでもなんとか無表情を保った。「いくらわめいたって事実は変わらないわよ。それが外国語だろうとね」

彼は大きなため息をつき、黒髪をかきあげた。「君がどう思おうが、僕は彼女の死を悼んだ。それに、警察の捜査は完璧だった。酒を慎めば、君の妹は死なずにすんだ。それが事実だ」

アンジーは顔色一つ変えずに彼を見つめた。「お酒を飲む原因をあなたが作らなければ、妹は死なずにすんだ。それが事実よ。人間関係については、もう少し責任感を持ったほうがいいわ」

彼はくいしばった歯の間から言った。「僕は責任感がとても強いつもりだが」

「あら？」アンジーはバッグを取りあげ、新聞を引っぱり出した。「それじゃ、この人はだれ？　ゆうべ拾ったお手軽な女？　彼女に永遠の愛の証《あかし》のネックレスをあげなくちゃならなくなったの？」

新聞の写真を見つめる彼の頬がぴくりと引きつった。「彼女はとくに大切な人じゃない」

「大切な人じゃない？　彼女はそれを知ってる？」

「マスコミはただ僕の写真を撮りまくるだけだ」

「あなたには都合が悪くても……」彼は自分のイメージしか気にしていないのだ。「恋愛を秘密にしておくのは不可能に近いわ。私はあなたがだれとベッドをともにしようとどうでもいいの。ただ、相手の女性たちに心から同情するだけ。あなたがいかに情のない男か、この写真ではっきりしたじゃないの。六カ月前、妹はあなたの家でネックレスをつけて死んだ。今、私と母はその死を悲しみ、あなたはかわりの女をさがしている。事実は明白よ。

自分にも感情があるなんて言わないでちょうだい」

「君にはなにも言うつもりはない。他人に自分のことをわかってもらおうとも思っていない」

「いいかげんにして！　いくらお金持ちで権力があっても、人を踏みつけにする権利はないわ！」

彼は刺すようなまなざしでアンジーの目を見すえた。「君は実に不幸な性格だな」微動だにしないたくましい体は怒りの爆発よりも恐ろしい。「骨や陶器のかけらと過ごす時間を減らして、人間関係にもっと費やせば、多少はましになるかもしれない。身なりを気にしないのは大目に見るとしても、男が君に背を向ける理由が一つある。そのヒステリーだよ。なんとかしたほうがいい」

忍耐も限界だった。ふつうなら、こんな男になにを言われようと笑い飛ばすところだ。なのに、今はみじめな思いがわきあがってくる。

「ネックレスは返しません」アンジーはぴしゃりと言った。「あなたにとってはお金と同じでしょ。セックスを買うお金と。でも、私にとっては……」

「リトルウッド博士にとっては、なんだい？」

本音を口にしてもいいだろうか？　身につけていると、妹のそばにいるようで心が安らぐのだと……。彼の耳には戯言《ざれごと》にしか聞こえないだろう。情のかけらもない男なのだ。

「ただ持っていたいだけよ」

「それはそうだろう。夢のまた夢の生活を送れるパスポートだからな」

彼の頭の中はお金のことだけだ。アンジーは思わずグラスのウイスキーを彼の顔に浴びせた。彼が唖然《あぜん》として毒づいても、気持ちがおさまらなかった。もっともっと傷つけてやりたい。銃があれば、あと先考えずに心臓を撃ち抜いていただろう。それができない今、どうすれば致命傷を負わせられるのか。

復讐。たしか、母はそう言った。彼のようなギリシアの男はそれしか考えていないと。

「あの宝石を取り返したいんでしょ?」アンジーは顔にかかったウイスキーをふいている彼に言った。黒い瞳に怒りが燃えている。たとえ一ラウンドでも彼に勝てる者は、そういないだろう。彼女はほくそえんだ。「返してあげてもいいわよ、条件つきで」

彼はすぐに上着の内ポケットに手を入れ、小切手帳を取り出した。「いくらだ? 君の家族と縁が切れるなら、額はいとわない」

「あら、条件はお金じゃないわ」アンジーの声は震えた。「どんな大金でも、あなたには痛くもかゆくもないでしょ。私はそれ以上のものをあなたに感じてほしいのよ。ネックレスを返すかわりに、あなたが妹に与えなかったものを私にちょうだい」

彼は不穏なほどじっと立ち尽くしている。「意味がわからないが」

「私と結婚するのよ」心臓が飛び出しそうだ。自分のせりふが自分でも信じられない。

「あなたは妹と結婚しなかった。でも、私とはするの。ネックレスを取り返したければね、ニコス」いきなりファーストネームで呼ぶのは侮辱するためだ。緊張をはらんだ長い沈黙が流れた。彼は爆発寸前だ。

どちらのほうがショックだろうかとアンジーは思った。彼か、それとも私か。

ようやく口を開いた彼の声はかすれていた。

「まったく《エウ・デイオース》、冗談としか思えない」いきなりギリシア語が飛び出した。「君のような女とは結婚しない」

そんな言葉に傷ついたりしないと、アンジーは自分に言い聞かせた。こちらの悪意が相手にしっかり伝わったのはいいことだ。いやな女に思われれば思われるほど、大きな仕返しになる。「あなたを試すにはうってつけじゃない？　宝石を取り戻すために、どの程度心の準備をしていたか？　不幸な性格の、身なりもかまわない女と結婚する覚悟までできていたか？」

怒りに満ちた沈黙が流れた。彼の目はぎらつき、唇は真一文字に結ばれている。彼は間違いなく軍神だと、アンジーはおののきながら思った。戦いの神、アレス。美貌《びぼう》の持ち主にして高慢で残酷。邪悪な場所には必ずいる。

「なぜそんな条件を？　君のような女が……」黒い瞳が蔑《さげす》むようにアンジーを見た。「僕と結婚したいなんて、どうして思える？」

「結婚したいわけじゃないわ」アンジーはあくまで冷静に言った。「そんなことを言われてびっくりしたでしょうね。あなた、思いあがっているから。でも、私はあなたと結婚したいなんてさらさら思ってないわ。正直なところ、あなたと一緒に過ごすなんて、考えるだけでげんなりよ」

彼の目は信じられないと言っている。「僕と一緒に過ごしたがる女性はいくらでもいる」

「まあね、あなたはお金持ちだから。欲が深くて、他人とまともに交われないような女性には、あなたがちょうどいいんじゃないの？」彼の瞳がきらりと光り、アンジーは言いすぎたかと不安になった。

「だったら、なぜそんなばかげた条件を出す？」

「あなたを無理やり私と結婚させるのは、最高にすてきな復讐だからよ」自分が自分でないような気がする。「あなたは私に耐えられないでしょ？　私がそばにいるだけで苦痛よね。でも、あなたの生活から私を排除することはできない。そうね、妹はあなたの会社と二年契約を結んでいたから、今回も同じにしましょうか。二年よ、ニコス。あなたは私と二年間、結婚生活を送るの」

彼は歯をくいしばった。ののしりたいのをこらえているのだろう。「君自身、その契約に縛られるんだぞ」

「でも、私たちには決定的な違いがあるわ。私にはほかに結婚したい人なんていないから。

あなたと結婚したら、楽しいでしょうね。あなたを縛りつけて、悶《もだ》え苦しむのを眺めていられるんですもの」

　彼はあっけにとられた顔でアンジーを見た。「君は不可能なことを要求している」

「喉から手が出るほど欲しいもののためなら、不可能なんてないわ。あなたは貴重な宝石を喉から手が出るほど欲しいんじゃないのかしら、ニコス？」

「こちらには宝石を取り戻したい、きわめて大きな理由がいくつもあるんだ」

「でしょうね。どれもお金がらみの理由が」

　彼の頬が引きつった。「君はまったく状況を理解していない。だが、君と結婚することで宝石を取り戻せるなら、いいだろう、条件をのもう。そして、僕からの厚意として、君に二十四時間の猶予を与える。その間に、自分の求婚を考え直すんだ。熟考をお勧めするよ」

「求婚？」まさか彼が受け入れるとは。アンジーは軽いめまいを覚えながら、乾いた笑い声をあげた。今すぐ逃げ出したいのをぐっとこらえる。「求婚なんかじゃないわ、ミスター・キリアクー。これは脅迫よ」

「そうだな」彼はぞっとする笑みを浮かべた。「だが、怯《おび》えることになるのはどっちかな、最愛の人《アガペー・ムウ》？　勝利に酔いしれながら、自問するといい。猶予は二十四時間だ。明日、また来よう」

アンジーはなぜか、彼に主導権を握られたような気がした。それにしても、こちらが彼を待つような言い方が気にくわない。「明日は留守よ。デートだから」とっさに口にしてからあわてた。ただの同僚と会うだけなのだ。「特別な友人が博物館でクレタの原幾何学様式の講義をするの」

彼の険しい口元に、ばかにしたような笑みが浮かんだ。「髪の下ろし方は知っているのかな、博士？　せいぜい楽しむといい。また明日会おう」

アンジーが反論する間もなく、彼はくるりと背を向けて外へ出ていった。ドアがばたんと閉まり、アンジーはいらだちをかかえたまま取り残された。


安っぽいレストランだった。肉は固くてひどい味だ。アンジーはフォークで肉をつつき、さっき終わったばかりの講義について、シリルが熱心に話すのに耳を傾けようとした。

どうしてこんなに集中できないの？　しかも、これまで気づかなかったシリルの欠点が目についた。たとえば、髪がちょっと長すぎで、だらしない。髭《ひげ》はなんともぶざまで、チェックのシャツは悲しいほどしわだらけだ。古くさい杉綾《すぎあや》模様のジャケットは大学生のときから着ている。それに、食事の仕方といったら……。

アンジーはシリルの開いた口から目をそむけた。しゃべるか、食べるか、どちらかにしてほしい。そこでふと気づいた。やぼなシリルと洗練されたニコス・キリアクーをいつのまにか比べていたことに。頭の中はつややかな黒髪と傲慢なまなざしに占められている。彼女はとまどいを覚えて眉をひそめた。なぜ彼のことばかり考えるのだろう？　外見なんかどうでもいいはずだ。人をうわべだけで判断する気はない。

アンジーがうわの空なのに気づいたらしく、シリルは身を乗り出して話しはじめた。食べ物をテーブルクロスにまき散らし、要点を話すときはフォークを振りまわす。アンジーはぞっとしながらも、彼の長所は頭脳明晰《めいせき》なことだと自分に言い聞かせた。そのとき、シリルが急に口をつぐみ、目をまるくして彼女の背後を見つめた。アンジーが振り向くと、テーブルのそばにニコス・キリアクーが立っていた。

貧乏学生や教師でいっぱいのレストランで、ぱりっとしたダークスーツにシルクのシャツといういでたちのニコスは、完全に浮いて見えた。さながら冷凍ピザの山の中のキャビア、安物のミネラルウォーターのボトルに交じった高級シャンパンだ。とにかく、場違いそのものだった。そして、彼は周囲をまったく無視していた。冷たい視線をそそがれているのはアンジー一人。彼女はそわそわした。二人は注目の的になっている。

「なにしに来たの？」

「二十四時間たったからだ」ニコスはあっさりと答えた。近くのテーブルの客は食べるのをやめ、これはおもしろいぞとなりゆきを見守っていた。

「私はデート中よ」

ニコスはシリルに目を向けた。その目に同情と驚嘆の色が浮かぶ。「彼女と一緒で楽しいのか？」

シリルの顔が赤らんだ。「リトルウッド博士はすぐれた知性の持ち主だ」緊張したようすでフォークとナプキンをテーブルに置く。「博士の研究は――」

「彼女との会話はさぞかし刺激的だろうな」ニコスはうんざりしたように片手を上げてシリルを制した。「ただし僕としては、女性と古代陶器についておしゃべりしたいとは思わない。むしろデートのときはまったく言葉を交わさなくてもいいくらいだ」

その意味が伝わり、シリルはこめかみまで真っ赤になった。

アンジーはむっとして立ちあがりかけた。「うれしいことに、みんながみんな、あなたみたいじゃないのよ」隣のテーブルに聞こえないよう、声を低くする。「自分がいやな男だってこと、わかってる？」

ニコスは動じない。「夫にそんな口のきき方をしてもいいのかな？　少しは立ててくれないと」

アンジーは体をこわばらせた。「あなたは――」

「ああ、違う」険しい口元がかすかにほころんだ。「だが、もうじきそうなる」

アンジーは言葉に窮した。「私は別に……」

「ふむ」ニコスの笑みが広がった。「君は本気で言ったわけじゃない。そして遠からず、君はそのことを確実に後悔する。だが、時すでに遅しだ。なぜなら、僕は君の求婚を受け入れることにしたからだよ。返事はイエスだ。君と結婚しよう」

シリルが息をのみ、その拍子にグラスを倒した。安物の赤ワインがこぼれ、ぽたぽたと床にしたたる。「アンジー？　君は彼にプロポーズしたのか？」

「賢明だろ？」ニコスは軽い口調で言うと、アンジーの手をつかんで立たせた。「彼女の厚かましい態度に辟易《へきえき》する男もいるだろうが、僕は自分の欲しいものがわかっている女には興奮するたちでね。経験から言うと、そういう女はベッドで野獣になる」

ニコスは声を落とそうともしなかった。アンジーは恥ずかしさでいっぱいになり、つかまれた手を引いた。シリルはもちろん、客はみんなぽかんとしている。「放してよ」

ニコスは逆に力をこめ、アンジーを自分の方に引き寄せた。「今この瞬間はただ手を握っているだけでも、じきに僕らはお互いを所有することになる。さぞかし楽しいだろうな」

アンジーは愕然《がくぜん》として、この場から消えてなくなりたくなった。こんな侮辱を受けるのは生まれて初めてだ。「外で話しましょう」

「いいだろう。僕もこういう場所は不慣れだから」ニコスはあいているほうの手で横柄にウエイターを呼びつけ、カードを渡した。「それに、言っておくが、未来の妻には別の男と食事をしてもらいたくないね。彼にお別れを言うなら、今すぐ、僕が支払いをすませる間にしてくれ。ただし、肉体的な接触はなしだ。ましてやお別れのキスはね」

シリルにキスをするなんて、考えただけでぞっとする。「あなたって、なんでも肉体と結びつけるのね。私とシリルは、あなたには理解できないようなはるかに高いレベルでつき合っているのよ」

ニコスはどうでもよさそうに肩をすくめた。「相手と対等の立場でいる限り、僕はそれがどういうレベルかなんて気にしないけどね」

アンジーは一瞬、シリルが立ちあがってニコスを殴ってくれないかと期待したが、実際の彼は呆然《ぼうぜん》自失の状態だった。それに、腕力でどちらに分があるかは一目瞭然《りょうぜん》で、シリルがニコスに太刀打ちできるはずもない。袖口《そでぐち》からのぞくシリルの手首は細く、一方のニコスはたくましいギリシア男の典型だ。そもそもシリルは立派な学者で、腕力に訴えたりはしない。でも、それなら知性で対抗し、ニコスを論破してもらわなければ。

アンジーはシリルの方を向いた。こんな扱いに甘んじていていいの？「シリル……なにか言ってよ」

「どうぞなんでも言ってくれ」ニコスはわざとらしく眉を上げた。

シリルは半分腰を浮かし、しどろもどろに言った。「し、支払いは、僕がするよ」

アンジーは歯ぎしりし、ニコスは彼女のいらだちを感じたようににんまりした。「ここなら君にも支払えるのはわかっているが、これは僕からの償いだと思ってほしい」うんざりしたように言い、カードをポケットにしまう。そしてアンジーを、どこかばかにしたような顔で見た。「ただし、彼女は連れていく。これは君に対する厚意だ。彼女は君にみじめな思いをさせるに違いないからね」

「か、彼女は、あ、あなたには幸せな思いをさせるのか?」シリルはおろおろしながら立ちあがろうとした。それをニコスがそっと椅子に押し戻す。

「彼女は僕をとてつもなく不幸にするだろうな」穏やかな口調でニコスは言った。「彼女がプロポーズしたのは、それが目的だからさ。ただし、僕も彼女に不幸せどころではない思いをさせるつもりだ。少なくとも、それで退屈せずにすむ」

あっけにとられているシリルを残し、ニコスはアンジーを引きずるようにして出口へ向かった。レストランのドアを押し開け、歩をゆるめることなく外へ出る。そして、道路の縁石沿いにとまっていた黒いリムジンの後部座席に彼女の体を押しこんだ。

4

アンジーは豪華な革の座席の上でなんとか体勢を立て直そうとした。頭の上でまとめていた髪はほどけ、顔は熱くほてっている。自分のみっともなさにいらだち、彼女はニコスをののしった。「なぜあんなまねをしたの？　シリルへの態度はひどすぎるわ。おまけに彼を置き去りにして」

ニコスは運転席の方に身を乗り出し、早口のギリシア語で指示した。すぐにリムジンは走りだした。「それがいやなら、僕が君をさらうのを阻止するべきだったんだ」座席にゆったりと座り直す。「君は彼にとめてほしかったんだろう？　あるいは僕を殴るか」

心を見透かされ、アンジーはかっとなった。「シリルはそんな野蛮なまねはしないわ」

「だろうな。しかし、そのことで彼を非難すべきじゃない」ニコスは長い脚を前に投げ出した。顔には目をそむけたくなるほどの自惚《うぬぼ》れが浮かんでいる。「君は今、本物の男と一緒にいるんだから」

アンジーは目をまるくして、彼の美しくも冷たい顔をまじまじと見た。「耐えがたい自惚れ屋ね。あなたに我慢できる女がいるなんて信じられない」

「まあ、シリルのような男が好みなら、君が混乱するのも無理はない」ニコスは見下した表情で彼女を見た。「最愛の人《アガペー・ムウ》、君は僕をとてつもなく刺激的な男だと思っているんじゃないか？　ついほかの男と比較しては、そんな自分がいやになる。なぜなら、自分は高尚だと考えているからだ。セックスのような本能的な欲望とは無縁のね。ところが、内心渇望している」

アンジーはあっけにとられた。「あなたを刺激的な男だなんて思ってないわ」

「いや、思っているね。それを自覚していないだけだ。君のこれまでの人生には欠けていたから。シリルのような男とつき合っていれば当然だろう」

「繰り返すけど、私はあなたを刺激的だなんて思ってないわ。セックスを渇望してもいない。どうしてなにもかも本能に結びつけるの？　言っておきますけど、私は人間の体より心のほうに興味があるの」顔が赤くなっているのはわかるが、どうしようもない。セックスを話題にしたことなどないのだ。

「人間は本能的な生き物だよ。そうでなかったら、存続していけない。人間は子孫を残そうとするものだ。それが自然の欲求さ」

アンジーは脚の間が熱くなるのを感じ、両手を握り締めて膝の上に置いた。「自分の無責任な性交渉を正当化しているだけだわ」

「それを言うなら、前向きなセックスだよ」ニコスはやさしく正した。

その言葉に、アンジーは想像したくもない想像をした。哀れなほど求めてくる女性とからみ合うニコスのたくましい体。「つまり、人間らしいことをしているとおっしゃりたいわけ？」わきあがる感情を隠そうと、彼女はことさらいやみな言い方をした。

「惹《ひ》かれ合う男女が情熱的なセックスをするのは自然なことだと言っているんだ」

情熱的なセックス？　アンジーはますます居心地が悪くなった。「あなたにはあなたの意見があっていいけど、優先順位が違う人だっているのよ。私は肉体より精神のほうに刺激を感じるわ」

ニコスはほほえんだ。腹が立つほどくつろいでいる。「優先順位は経験に基づくものだ。君が精神的なものに興味を持つのは、ほかになにも与えてくれないシリルのような男とばかりつき合うからさ」

アンジーの心臓は破裂しそうになった。「シリルはあなたなんかよりはるかに刺激的よ」

「へえ？」ニコスは身を乗り出した。「彼は君をどきどきさせるというのか？　彼といるとき、体が熱くなるか？　ベッドにいるとき、考古学者だということを忘れさせてくれるか？　自分が女であること以外、いっさいを忘れさせてくれるのか？」

アンジーは放心したようにニコスを見つめた。ショックで言葉が出てこない。赤面しているのがわかり、あわてて顔をそむけると、外を眺めて気持ちをしずめた。「あなたはなんでもセックスに結びつけるけど、私とシリルの関係はそんなんじゃないの」

「目に見えるようだよ。どうせ君たちは講義のようなセックスをしているんだろう？　肉体的な行為に及ぶに当たっては、裏づけをとるのにこのテキストがいいとかなんとか言いながら」

怒りのあまり、アンジーはくるりと振り返った。「私はシリルとのセックスに興味なんかないわ！」

「自分を責める必要はないよ」ニコスは慰めるように言った。「たいていの女はそうだろう。シリルは君には似合わない。君が築きあげた防壁を壊せる、もっと力のある男でないとね」

アンジーはそんなことを考えたくもなかった。全身がわなわなと震え、体の芯《しん》が熱くなる。「もうたくさん。車をとめて降ろしてちょうだい。あなたとは一秒だって一緒にいたくないわ」

「プロポーズする前によく考えるべきだったんだ」ニコスの目が険しくなった。「僕と結婚するなら、ルールに従わなくてはいけない。まず、僕の妻は別の男とつき合うのは許されない。たとえ君のシリルのように、本当に男かどうか怪しいやつとでもね」

「私のシリルじゃないわ！」アンジーは靴をはこうと足でさぐった。車に押しこまれたときに脱げてしまったのだ。頭が混乱し、とても冷静ではいられない。今までこんな話をしたことは一度もないのだ。

「そのとおり。彼は君のシリルじゃない」ニコスは鼻先で笑った。「少なくとも今後はね」

アンジーは足を強引に靴に突っこみ、顔にかかった髪を払った。「あなたに指図される覚えはないわ」

「僕はギリシア人だ」やさしい声とは裏腹に、ニコスのまなざしは鋭い。「あいにく人一倍所有欲が強くてね、人と分かち合うのが苦手ときてる。これはどうしようもないんだよ。君には慣れてもらうしかない。少しは僕に感謝したらどうだ？　どうせシリルとは幸せになれないんだから」

「わざとでしょ！　私があなたを嫌うように仕向ければ、縁を切りたくて宝石を返すと思っているのよ。でも、おあいにくさま。あなたにはきっちり償ってもらうわ」

車が渋滞につかまり、アンジーは座席の背にもたれた。怒りに駆られると同時に途方にくれて。ニコスが結婚を承諾するとは一瞬たりとも思わなかったのだ。ささやかな復讐《ふくしゅう》のつもりが、思いがけずおおごとになってしまった。ふだん神経質ではないのに、ニコスが現れるたびに緊張が高まり、心がかき乱され、体は不可解きわまりない反応をする。彼を無理やり結婚させるのはいいが、私自身は毎日彼と一緒にいることに耐えられるだろうか？　いや、彼は昼間は仕事で家にいない。夜になったら、私は静かな場所で読書でもすればいい。

それに、これはティファニーのためだ。妹に代わって、ニコスに自分のしたことを思い知らせてやる。でも、当のニコスは？　結婚を避けつづけてきた男がなぜあっさり承諾したのだろう？　それほどダイヤを取り戻したいのだろうか？　そうでなければ、こちらが予想するほど不愉快な結婚生活になるとは思っていないのか。

アンジーは美しく冷たいニコスの顔を見つめ、はたと気づいた。私との結婚がそれほど彼の痛手にならないのはなぜか。それは、彼が結婚ごときで女遊びをやめるような男ではないからだ。私の父と同様、浮気をすればいいと思っているのだろう。となると、結婚を強いたそもそもの目的が果たせなくなる。彼には苦痛でもなんでもないのだ。

だったら、どうすればいい？　真の復讐を遂げるには？　アンジーはめまぐるしく考えた。ニコスは男の典型だ。彼の頭の中にはセックスしかない。そこでふと思いついた。もっともっと復讐を甘美なものにする方法を。

「弁護士に会いたいんだけど」彼女はいっきに言った。「この結婚には条件があるでしょ。あらかじめ、ちゃんとした取り決めをしておかないと」

ニコスはアンジーの方を向き、心底おかしそうに笑った。「僕が取り決めもせずに結婚すると思っていたのか？　君は結婚相手のことを本当になにも知らないんだな。あいにくだが、金が目当てなら、僕からはびた一文とれない。君が婚前契約を結びたい理由が、僕にはまったくわからないな」

アンジーは悠然とほほえんだ。「それはあなたが頭を使ってないからよ。あなたもほかの男性と変わらず、体の別の部分でものを考えるようね」

これほど体格のいい男がこれほど敏捷《びんしょう》だとは思いもしなかった。座席の反対側にのんびり座っていたニコスが音もなく動いて、アンジーにのしかかってきたのだ。男と女の、きわめて原始的なスタイル。彼女は頭がくらくらした。

「なにするのよ！」アンジーの鼓動がニコスの胸に響く。押しのけようとしても、彼のたくましい肩は微動だにしない。「どいて！　離れて！」

「僕の考えていることがわかるかい、アガペー・ムウ？」ニコスの温かい息が彼女の唇にかかった。彼女はぴくりとも動けなかった。そんなことをしたら唇が触れてしまう。すぐ目の前に、彼の豊かなまつげと魅惑的な口元がある。「君は君のシリルと刺激的なひとときを過ごしたから、今は僕のような男とキスしたくてたまらないだろう」

ニコスの熱いまなざしとものい憂げな口調に、アンジーは頭がぼんやりしてきた。「いったい何度言わせるの、彼は私のシリルじゃないって。それに、あなたはとんでもなく思いあがってるわ」

「僕の自己評価は正当だよ。片や、君は自分をまったく知らない。本当の君がどんなかを教えるのは楽しいだろうな。君は仕事で太古の秘密を暴いてきた。そろそろ自分の秘密を知ってもいいころだ」

ニコスの体は固く引き締まっていた。アンジーはなんとか彼を押し返そうとした。「あ、暑いわ」

「わかってる。これでも女性経験は豊かでね。君の体に火がついたのさ」

ニコスの甘いささやきに、アンジーはかっとなった。「こんな気温では、あなたに上にいられると耐えられないって言いたかったのよ」ニコスをにらみつけると、彼はしなやかな動きで彼女から離れた。

「体のほてりを気温のせいにするわけだ」

アンジーは、いやみな言葉にはまともに返事をしないことにした。「どこへ向かっているの？」体に火がついた？　とんでもない。彼女はむかむかした。そこで髪を見られているのに気づき、できるだけニコスから離れた。「こっちを見ないで。髪を染めろとか、カットしろなんてことも言わないで」

ニコスは無言で髪を見つづけている。アンジーはそわそわしてきた。確かに外見には無《む》頓着《とんちやく》かもしれない。でも、だからといって彼に指摘される覚えはない。

アンジーが話題を変えようと思ったところへ、ニコスが手を伸ばして彼女の髪に触れ、長い指にからませた。「とても不思議な色だ。刺激的だよ。これを染めるなんて論外だ」いやになれなれしく、ゆっくりと髪を撫《な》でる。「カットの必要もないな。ベッドでは長い髪のほうがエロティックだよ」

ニコスの視線がアンジーの体を貫く。彼女は体が危険なまでに熱くなるのを感じ、思わず身を引いた。「信じられない！　ベッドでエロティックに見せるために髪を伸ばしていると思っているわけ？」

「いいや」ニコスはゆっくりと顔をほころばせ、手を離した。髪がはらりとアンジーの肩に垂れた。「君はエロティックの意味がわかっていない」

「あら、わかっているわ」アンジーは胸を張った。ようやくなじみの話題になったのだ。「エロティックの語源はギリシア神話の愛の神エロスよ。愛と美の女神アフロディテと戦いの神アレスの息子だわ」

ニコスは無言でアンジーを見つめ、かすかな笑みを浮かべた。「それには異論が多いだろうな。エロスはカオスの子孫で、愛ではなく情欲の神だと言う者もいる。情熱とセックスの神だ。そもそも、僕は語源のことを言ったんじゃない」そうささやきながら、視線を彼女の唇に移す。「僕が言ったのは現代的な意味についてだ。僕なりの定義を教えてあげようか」

アンジーは身じろぎした。「そんな話は別に……」

「エロティックとは、性的な喜びを激しく喚起するという意味だ。女性が性的な欲望をそそるために女らしさを利用すると、エロティックになる。肉欲への耽溺《たんでき》であって、神話とは関係ない。現代的な解釈をすれば、性欲、興奮、刺激、官能——」

「もうたくさん！　やめて！」アンジーは両手で耳をふさいだ。ニコスに見つめられると息が苦しくなる。思わず顔をそむけ、胸の高鳴りをしずめた。彼がギリシア神話に詳しいのは意外だったが、それでせっかくのアカデミックな話題が低次元におとしめられたのだ。彼らしいといえば彼らしい。女性といるとき、彼の頭にはセックスのことしかないのが、これでますますはっきりした。

切り札はまだ自分が握っている。それを慰めに、アンジーは体の奥深くのうずきを無視して呼吸を整えた。「あなたは年じゅう〝エロティック〟を味わってきたようだけど、これからはそうはいかなくなるわよ」

「へえ？」

ニコスの低い声に、アンジーはまた胸がどきどきして、落ち着かなくなった。「ええ、確実にね」自分の感情にとまどい、こんなふうに混乱させた彼に怒りを覚える。「私がどうして婚前契約を結びたがるか、知りたくないの？」

「ほとんど興味はないね」

「あら」相変わらずクールなニコスを、アンジーはなんとしてでも動揺させたいと思った。お金を別にすれば、この原始人の頭を占めているのはたった一つのことだけだ。「弁護士には、ほかの女性と性的関係を持つべからずって条項を入れてもらうわ。私と結婚したら、あなたは禁欲生活を送るのよ。エロティックなものすべてとお別れってこと」彼女は満足感にひたって座席にもたれ、ニコスの反応を待った。彼はだらしなく座り、半ば伏せたまつげの陰からこちらを見つめている。その顔の表情は読めない。

「君は僕に別の女とセックスさせたくない？」ニコスはうかがうように彼女を見た。「本気かな？」

「もちろんよ」アンジーは主導権を取り戻してにっこりした。「結婚期間中、あなたの浮気の証拠を見つけたら、宝石のありかはぜったいに教えないわ」

「宝石は結婚当日に返してもらう。でなければ、契約は不成立だ」

「そんなことをしたら、すぐに離婚するでしょ」

ニコスは薄笑いを浮かべた。「弁護士には、君の望みどおり二年契約だと言ってある。いがみ合うには十分な期間だ。そして、君は復讐を果たせる。とことん僕を罰したいなら、安心させてやろう。君との二年は、ほかの女との二十年に等しい」

アンジーは侮辱の言葉を甘んじて受け入れた。ニコスが私を嫌えば嫌うほど、復讐の目的は達せられるのだ。「じゃあ、私の条件をのむのね？」

ニコスはあくびを噛《か》み殺した。「ほかの女とセックスしないことには同意するよ、それが君の望みだと言うならね。ただ、もっと熟考したほうがいい」

アンジーにその必要はなかった。こんな復讐をよくぞ思いついたと満足していたからだ。そして正直なところ、少し驚いてもいた。まさか自分がセックスに関係したことを思いつくとは……。だが、なぜ彼が抵抗しなかったのかがわからなかった。それどころか、妙に素直に従ったのだ。セックスに取りつかれた男が、まる二年もの禁欲生活をそう簡単に受け入れるだろうか？　いや、ひょっとすると彼は、急所を突かれたことを隠したいのかもしれない。自尊心が傷つくからだ。沈着冷静を自慢にしている彼には、本音をさらすなどもってのほかなのだろう。

この数日で初めて優位に立てたことに満足して、アンジーはニコスにほほえみかけた。勝ち誇った気分を抑えられなかった。「ええ、熟考するわね」

そのとき、ニコスの目が一瞬楽しそうにきらめいたような気がした。しかし、そのきらめきはたちまち消え、彼は身を乗り出すと、インターコムのボタンを押して運転手に指示を出した。「すぐ弁護士のところへ行こう。いいな？」

そのようすがアンジーの満足感に小さな影を落とした。そして、ニコスと二人で話した時間は一時間にも満たないのに気づいた。いいわ、彼がそんな短時間で私の性格がわかったというなら、私は彼にとことんみじめな結婚生活を送らせてやる。

5

二週間後、アンジーはメイクアップアーティストが仕事を終えるのを待っていた。「やりすぎないで。私はふだんメイクをしないから」結局、母親の言いなりになったことが自分でも信じられなかった。いつもの姿で結婚式に臨んだほうが気分がよかっただろう。ニコスからの要求もとくにないのだ。ウエディングドレスやブーケについても、彼はたいしたことは言わなかった。それどころか、来るべき婚礼をまるで仕事の打ち合わせのようにこなした。

弁護士事務所でのニコスの態度を思い出すと、いまだに腹が立つ。アンジーを引きずるようにして事務所に入るなり、彼女の存在を無視したのだ。巨大なデスクの向こうにいる神経質そうな若い弁護士に、ニコスはギリシア語でまくしたてた。そして、この結婚によって宝石が確実に返還されることを条項に盛りこむように指示した。

そのあとは英語の会話になったものの、婚外交渉禁止の条項はアンジーが一人で弁護士に説明した。それが一苦労だった。ニコスは平然とした顔で、遠く離れた椅子に座ってくつろぎ、腕時計にちらちら目をやっていた。婚前契約書などささいなことで、もっと大きな用件を待たせてあるというように。

弁護士事務所から帰る車中、ニコスは一言も口をきかなかった。携帯端末で電子メールをチェックし、携帯電話で電話をかけまくっていた。唯一電話を中断したのは、アンジーを自宅の前で降ろしたときだけだ。彼は二週間後に迎えの車を差し向けると言い残し、そのまま車で走り去った。怒りに震えるアンジーを一人残して。

この結婚に人生をだいなしにされてたまるものか。ニコスはそう思っているに違いない。アンジーは顔をしかめた。メイクアップアーティストがあとずさって自分の仕事を確かめる。もしかすると、ニコスは最後の二週間を思う存分自由に過ごしていたかもしれない。彼のことだ、オリンピックさながらセックス競技にふけっていたのだろう。この先には、長い禁欲生活が控えているのだ。

すると、脳裏にいきなりニコスのブロンズ色の体が真っ白な女性の体とからみ合う光景が浮かんだ。アンジーはぎょっとして、その光景を振り払った。彼のいったいどこが、セックスに興味のない私にそのことばかり考えさせるのだろう？　どうして私に彼を求めさせるのだろう？　結婚に興味のかけらもない、ましてや長所が一つもないニコスのような男と、結婚する気にさせたものはなにか？　きっと、彼はすばらしく頭が切れるのだ。でなければ、あそこまで成功するはずがない。その一方で、つき合う女性に知的な刺激をいっさい求めない。ブロンドの髪とヴィーナスのようなスタイルがあれば、それで満足する。

メイクアップアーティストがようやく仕事を終えた。アンジーはほっとして立ちあがると、鏡の中の自分を眺めた。なにも変わらない。化粧をしたところで、私は私でしかないのだ。新聞で見た、ニコスの隣の美しい女性に嘲笑《あざわら》われているようで、鏡から顔をそむけた。ニコスのような男にとって、私との結婚はなにより重い罰だろう。眼鏡をやめてコンタクトレンズに換え、髪をセットして薄化粧までしたというのに、彼が選ぶ女性とは似ても似つかない。

いや、これでいいのだ。アンジーは毅然《きぜん》として思った。この外見で百点満点だ。肉体的な魅力に欠けるのは承知しているけれど、別にかまわない。私ははるかに大切なもの、知性に恵まれているのだから。そして、ニコスが知性を財産とみなしていないのもかえって都合がいい。私の望みはニコスを苦しめること。それこそがこの結婚の目的だ。彼は囚《とら》われの身となる。彼の人生で初めて一人の女に拘束される。償いとしては、すばらしくロマンティックではないか。

「元気がありませんね」出来栄えに満足したようすのメイクアップアーティストがうしろから言った。「マリッジブルーですね、きっと。でも、よくあることですから」

アンジーは返事をしなかった。憎い男を不幸にしたい、ただそれだけで結婚することのどこが、よくあることなのだろう？　頭が混乱して、ふいにすべてを白紙に戻したくなった。そのとき、テーブルに置いてある妹の写真が目に入った。ティファニーは撮影者に媚《こ》びてポーズをとり、笑っている。アンジーは胸が痛くなった。妹がいかに愚かであろうと、あんな扱いをされていいわけがない。ニコスは妹にふさわしい男ではなかったのだ。

写真を見つめ、アンジーはまばたきして涙を払った。私が結婚しなければ、彼はまただれかの愛する妹を犠牲にする。二度とそんなまねをさせるものですか。

「とてもすてきですよ」メイクアップアーティストがなだめた。「お肌がとてもきれいだから、薄いメイクで十分ですね。それにスタイルもいいから、もう少し背が高ければモデルさんですわ」

アンジーは反論したいのをこらえた。彼女は親切心から言っているのだ。モデルなんてとんでもないのはわかっているなどと言い返したら失礼だろう。「ありがとう」

「それにドレスも。とってもすてきですよ。シンプルだけど、お姿が引き立ちます」

アンジーは口を開きかけた。どんな姿？　しかし、なんとか言葉をのみこみ、自分で選んだシンプルなシフトドレスを疑いのまなざしで見おろした。なによりもハイネックなのがよかった。すてきだとはまったく思わない。それでもどれかを選ぶしかなかったのだ。ふと、式にいつもの紺色のスーツで出席し、ニコスを困らせてやろうかと思った。いや、あのニコスのことだ、力ずくで脱がせかねない。たとえすべてが欺瞞《ぎまん》であろうと、やはり紺色のスーツはやめておこう。

「アンジェリーナ……」リビングルームに入ってきた母が小さく息をのんだ。そして、アンジーのそばまでやってくると、しげしげと眺めた。「なんてことかしら、ほんとに……ほんとに——」

「ありがとう、お母さん」アンジーはあわてて母の言葉をさえぎった。ただでさえ自信がないのに、母にとどめを刺されたくない。

「ティファニーには負けるけど、おまえもきれいよ」母は目に涙を浮かべ、メイクアップアーティストに話しかけた。「私のティファニーは、それはもうきれいだったの」バッグを開けてハンカチを取り出す。

「泣かないで、お母さん」アンジーはびっくりしているメイクアップアーティストを気にして言った。

「おまえがこんなことをするなんて、今でも信じられないわ」母ははなをかんだ。「完璧《かんぺき》な復讐《ふくしゅう》よね。ほんとに賢いわ、あいつにいやいや結婚させるなんて。しかも相手がおまえなんだもの。当然の報いだわ！」

「ありがとう、お母さん」それからアンジーは振り向いて、メイクアップアーティストに帰ってもらった。彼女がどんなことを感じたか、あえて考えないようにした。おそらく、母が娘を認めていないのが残酷なまでに伝わっただろう。そして、花嫁はかわいそうな男性をまんまと引っかけたのだと思っただろう。

確かにそのとおりだ。いらだちがつのり、自信がしぼんだ。母とは登記所で落ち合うべきだったと、アンジーは後悔した。励ましが欲しいときに、逆に落ちこまされてはたまらない。アンジーはバッグを手にして尋ねた。「もう出かけられる？　迎えの車が来ていると思うんだけど」

「ええ、いいわよ」母は帽子を整え、ドアへ向かった。「あの男が罰を受けるところを見たいわ。ティファニーを捨てたせいでおまえにつかまったことを、身にしみて感じながら教会の通路を歩けばいいのよ」

「行くのは登記所よ」アンジーは辛抱強く母に言った。キーを取り、玄関のドアに鍵《かぎ》をかける。「教会には行かないの。ニコスは教会では式を挙げたくないんですって」

「どこでもいいわ」母はぞんざいに手を振った。「おまえとティファニーの違いははっきりしてるんだから、あの男、地団太を踏むわよ」

アンジーは天を仰いだ。美しさと知性のどちらかを選ぶとしたら、私は知性を選ぶ。でなければ、母の言葉に、家から一歩も外に出たくなくなるだろう。こういう扱いにとっくに慣れきっているとはいえ。

ニコスはボディガードたちの困惑した視線を無視して、狭い部屋を行ったり来たりした。彼らは雇主の結婚にお祝いを述べるという不幸な過ちを犯した。ぜったいに聞きたくなかった言葉を耳にしたニコスは、ギリシア語でわめきたて、自分がこの結婚をどう思っているかをいやおうなく悟らせた。

かわいそうな娘を妊娠させて急遽《きゅうきょ》結婚せざるをえなくなったと思われているのだろうか？　ニコスは歯ぎしりしながら、壁を拳《こぶし》でたたきたい衝動と闘った。安物の椅子や造花をうんざりした目で眺め、自己嫌悪に襲われる。僕はいったいなにをしているんだ？　これこそまさに避けつづけてきたことではないのか？

もう何年も前から、自分は結婚に向いていない、一人の女に縛られたくないと考えてきた。なのに今、ここにいる。やむをえず結婚するはめになり、しかも相手は理想の女性とはほど遠いときている。

かすかな希望は、彼女が自分の未来についてまったくわかっていないという点だ。この結婚で巨万の富を手にすると思いこんでいるに違いない。ニコスは彼女が落胆するところを想像して、ほくそえんだ。婚前契約書によれば、最終的に離婚するとき、彼女は一ペニーも手にできないのだ。しかも彼女は、結婚に縛りつけることでこちらを罰した気になっている。なんと単純な発想だろう。まったく、リトルウッド家にははらわたが煮えくり返る。これからは形勢逆転を楽しませてもらおうじゃないか。

彼女が戦いを望んでいるなら、期待に応《こた》えようと、ニコスは残酷に考えた。アンジェリーナ・リトルウッド博士は、恐るべき敵に立ち向かうのだ。

それにしても、彼女が妹をあそこまでかばうのはなぜだろう？　ニコスは自制心があるほうだと自負していたが、ことティファニーに関しては、腹の虫がおさまらなかった。母親はといえば、酔っ払ったティファニーそっくりで、その姉は……。

ドアが開いて、アンジーが現れた。慣れないハイヒールのせいでおぼつかない足取りで、小さな薔薇《ばら》の花束を持っている。そのうしろには、奇怪な帽子をかぶった母親。しかし、ニコスは母親には目もくれなかった。彼の視線は未来の妻に釘《くぎ》づけだった。

ニコスはふだん着ている濃紺のスーツ姿だった。アンジーがまさか、女らしい体の線をうかがわせるしなやかなドレス姿で現れるとは想像もしていなかった。彼は目を上げ、リップグロスで光るふっくらした唇や優雅に結いあげた髪を眺めた。

アンジーはさっと部屋を見まわしてから、ハイヒールを気にしてか、慎重に近づいてきた。「こういうところを選んだのね。小さな田舎町の、公立図書館とスーパーマーケットにはさまれた登記所。みんな首をかしげるわね」ささやかな薔薇の花束を握り締め、冷めた青い瞳でニコスを見あげる。

「当然だろうな」ニコスはアンジーの鼻のそばかすを見て、ほかの場所にもあるのだろうかと考えた。思いがけず体が熱くなり、苦笑しそうになる。男の気をなえさせるだけの女を前にして、なぜこうなるんだ？　いや、最初から感じていたんじゃないのか？　眼鏡をはずしたとき、髪がほつれたとき、アンジー・リトルウッドには本人がまったく気づいていない魅力があることを。

セックスには体の結びつき以上のものがあることを、ニコスはだれよりもよく知っていた。垢《あか》抜けた女性、自分と対等の女性を、彼は好んだ。二週間前、〝エロティック〟の話をしたとき、アンジーは明らかに書物からの知識を披露しただけだった。彼女に男性経験がまったくなくても、決して驚かない。

ニコスはいらだたしげに、ここを選んだ理由を説明した。彼女は学問一筋かもしれないが、学者ばかというほどでもないだろう。「だが、マスコミには知られたくないんでね。僕が結婚すると知ったら、大騒ぎになる。僕より君のほうが困ると思ったんだよ」

「あら、ごめんなさい。あなたの過剰な自意識を忘れていたわ」アンジーはボディガードに目をやった。「お祝いしてくれる家族はいないの?」

彼女のいやみを無視し、体の興奮も無視しようと努めながら、ニコスは目を細めた。

「なにを祝うのかな?」

「私のこと、恥ずかしいと思っているわけね」

「ブランディジ・ダイヤモンドを取り戻したいと思っているだけだ。そのためには、こうする以外に道はない」

アンジーの頬がかすかに染まり、ニコスは罪の意識からだろうかと考えた。しかしすぐに、彼女はリトルウッド家の人間で、妹と同じように貪欲《どんよく》で金に意地汚いことを思い出した。

登記係の女性が咳《せき》払いをした。ニコスはアンジーの目が不安に揺らぐのを見逃さなかった。

「土壇場で怖くなったか?」ニコスはやさしくアンジーの顔をのぞきこみ、周囲の目には愛のしぐさとしか映らないようなやり方で頬を撫《な》でた。「かわいいアンジェリーナ……」唇でアンジーの肌にそっと触れ、彼女にしか聞こえないような小声でささやく。「自立した独身女性として、最後の瞬間を大事にするといい。もうすぐ君は僕の所有物になるんだ」

6

短い儀式は苦痛に満ちていた。登記がすむなり、アンジーは暑い登記所から外へ飛び出し、涼しい空気を思いきり吸いこんだ。六月だというのに空はどんよりして、雨がしとしと降っていた。傘を持った土曜日の買い物客が、ぶつかり合っては笑い声をあげ、ふくらんだ紙袋をかかえて家路を急いでいる。

アンジーは雨も気にせず、うらやましい思いでそれを眺めた。彼女たちにまぎれて消えてしまいたい。これまでの人生は穏やかそのものだったのに……。

「アンジェリーナ！」ニコスが左右にボディガードを伴って建物から出てきた。アンジーは背筋を伸ばし、来るべき口論に備えた。

「アンジェリーナって呼ばないで」

ニコスはアンジーを正面から見すえた。たくましい肩は高価なスーツに包まれ、その姿は冷然としているが、顔立ちは罪なほどに美しく、通り過ぎる女性たちが見とれて水たまりにはまるほどだった。「好きなように呼ばせてもらう。君は僕の妻なんだから」

最後の一言にアンジーは背筋がぞくりとした。「結婚によってあなたに権利が生まれるわけじゃないわ」

「君が勘違いしているのは、そこだよ」ニコスは笑顔でアンジーの手首をつかんだ。「僕にはいろんな権利があるのさ。さあ、宝石を返してもらおうか」

アンジーはためらった。「もう少しあとじゃだめ？　あれは……」妹をしのぶよすがなのだ。

「いや、今すぐだ。そのために結婚したんだから」

アンジーは反論できず、うなじに手をまわすと、ネックレスの留め具をはずした。「ここがいちばん安全だと思ったの」

ニコスはこばかにしたような笑みを浮かべてネックレスを取りあげると、ボディガードに渡した。「君のそこに触れる男がいないことを考えると、その判断は正しかったな。それじゃ、出発だ」

アンジーはネックレスから目を離せなかった。喉に熱いものがこみあげる。手放したからといって、なにかが変わるわけではない。いや、変わってはいけないのだ。

ニコスはうんざりしたようにあたりを見まわした。「ギリシアで急ぎの仕事があって、僕がいないと先に進まないんだ」

久しぶりに耳にするうれしいニュースだった。「どうぞ、行ってらっしゃい。宝石は渡したわ。お互いに用事はなくなったでしょ」ニコスがいなくなるとわかってアンジーはほっとした。これでまた、古代の文献を読みながら図書館で過ごせる。

「花嫁を置いていくとでも思っているのかい?」やさしげな声で言うなり、ニコスはアンジーを引き寄せ、自分の贅肉《ぜいにく》のない体に押しつけた。「僕たちは新婚なんだよ。一緒に過ごして情熱にひたるんだ。そのために、君は僕に結婚してくれと頼んだんだろう?」

「私はあなたに結婚してくれなんて頼んでないわ、少なくともあなたの言うような意味ではね」ニコスの体の感触に、アンジーは胸がどきどきした。「私はあなたの女遊びのじゃまをしたかった。その目的は果たせたわ。これから二年間、あなたはほかの女性と遊べない。あなたのような男にはつらい罰でしょうね。私はここに残るわ。どうぞギリシアへ帰って、刑に服してちょうだい」

「残念ながら、そうはいかない」ニコスは哀れむように言うと、アンジーを車の後部座席に荒々しく押しこんだ。「僕の行くところへ君も行く。結婚とはそういうものだ」

アンジーは仰天し、車から降りようとしたが、ドアはロックされていた。彼女はニコスの方を振り向いて声をあげた。「ロックをはずして!」

「車はもう走っているよ……」ニコスは穏やかに指摘した。「ドアを開けたら、君は大怪《おおけ》我《が》をする。だから開けるわけにはいかないんだ。今は、君の手足をつなぎ合わせるために病院へ運ぶ時間がないからね。僕には君が必要だ。生きている君が」

ドアの取っ手に手をかけたまま、アンジーはまじまじとニコスを見た。彼の話のどこかが引っかかる。「私が必要って、どういう意味？」

「評判の才女が、その程度の意味を理解できないようじゃ困るな」

「私なんか必要ないはずよ」

ニコスは汚れ一つない高級スーツの袖《そで》から埃《ほこり》を払った。「悪いんだが、僕の生活にかかわる女性にはいくつか役割を果たしてもらう。会社の催しがやたらと多いんでね」

「でしょうね」アンジーはドアの取っ手を離した。「だけど、スタッフがいるじゃないの」

「最新のデータでは、世界各地で六万人だ」

従業員がそんなにたくさんいるの？　アンジーは驚きを隠して肩をすくめた。「だったら、その六万人のうち一人くらいは催しの手伝いをしてくれるでしょうに」

「間違いなくね。ただ、それは許されないんだろう？」ニコスはなんとも甘い声で尋ねた。「ほかの女性と一緒にいるのを禁じるという契約書に署名させられたからな。僕の場合、重要な役割を果たしてくれる女性が欠かせないんだよ。そして、一緒にいてもいい女性は君一人だけだ。だから君がその役割を担うのさ」

アンジーはニコスの方を向いた。「重要な役割って、接待のことかしら」

「それも一つだが」ニコスの目は危険な光を放っている。「主要な仕事じゃない」

アンジーはうんざりしてきいた。「それじゃ、その主要な仕事ってなに？」

げなようすだ。

「ストレスの解消だよ」ニコスはあくびを噛《か》み殺し、座席の背にもたれた。いかにも満足

彼が私よりストレスに弱いはずがない。アンジーは二人の間の空気が緊張するのを感じた。「リラックスするのに女性が必要だって言いたいの？」

「セックスをしないとリラックスできないと言ってるんだ」ニコスは長い指でさりげなくネクタイをゆるめた。「仕事のプレッシャーが大きくなればなるほど、セックスが必要になる。念のため教えておくが、僕は今、大きな取り引きの最中なんだ」

アンジーは息苦しくなった。ニコスの刺すような視線のなにかが彼女の体に奇妙な感覚を呼び起こす。これほど男らしい男性はほかに知らない。高級ブランドのスーツを着ていても、どこか野性的だ。「契約書では、ほかの女性とはつき合えないわ」

「知ってるよ」ニコスは哀れむような笑みを浮かべ、ネクタイを横に置いた。「君はおそらく疲れきるだろうな。僕が昼間仕事をしている間に寝るといい」

アンジーは凍りついた。「あなたの仕事中に私が寝るって、どういうこと？」

「君を一晩じゅう寝かせないってことさ」

アンジーの呼吸は突然乱れだした。「そんなにセックスが必要なら、妹を傷つける前にそのことをちゃんと考えておけばよかったでしょ」

「君こそ、ほかの女性とのつき合いを禁止する前にちゃんと考えるべきだったんだ。僕は

セックスなしではいられない。そして今、相手は君しかいない」

アンジーは喉がつまった。「冗談はよして」

「セックスに関しては冗談なんか言わない。きわめて深刻な問題だからね。セックスしないと、いらいらしてくる。君に嫌われてしまうな」

アンジーの心臓は早鐘を打った。「今だって嫌いよ」彼女は乾いた唇をなめた。体の芯《しん》が熱くなってくる。「この結婚は、あなたを苦しめるのが目的なの。せいぜい禁欲生活に耐えてちょうだい」

「悪いんだが、僕の辞書にはない単語があるんだ。〝禁欲〟もその一つだよ」ニコスはあくびをこらえた。「それに〝失敗〟とか〝貧乏〟とかもね。〝ノー〟は重要な単語だが、状況しだいでは避けられない。たとえば君に、セックスなしで生活できるかと問われた場合、答えは〝ノー〟以外にありえない」

いかにもばかにした言い方にアンジーはかっとし、座席の端で座り直して、全身をこわばらせた。「私があなたとベッドをともにするとでも思っているのなら、私という人間がまったくわかっていないってことよ」

「それはセックスがすぐ解決してくれるさ。人を知るには最良の方法だからね。だいいち、僕はすでに君のことをよくわかっている」ニコスはアンジーの唇をじっと見つめ、それから視線を上げた。「君は明らかな性的魅力にも気づいていないみたいだが」

彼女は座席の縁をぎゅっとつかんだ。もっと口が達者だったらよかったのに。「私があなたを魅力的だと感じているかどうかという意味なら、とっくに言ったように、答えはノーよ。ごめんなさい、でもこれが真実なの」

「君は僕を魅力的だと感じている。それが真実だ」アンジーが言い返す間もなく車のドアが開き、ニコスは手で促した。「行かないと会議に遅れる」

アンジーは車がとまったことにも気づかず、滑走路の大きな飛行機を見て目をまるくした。「なに、あれ?」

「飛行機だよ」ニコスは親切に教え、彼女を押し出すようにして車から降ろした。「燃料補給もすませてあるから、乗客が乗ればすぐに離陸できる」

「乗客って?」アンジーはバッグをつかんだ。

「君の質問はとてもおもしろいが、いちいち答えていたら会議に間に合わなくなる。一覧表にしてくれ。あとでまとめて答えるから」ニコスはそれ以上話そうとせず、指を鳴らしてボディガードたちに合図をすると、アンジーの手首をつかんでタラップへ向かった。

「ちょっと待ってよ。海外になんか行けないわ。生活も仕事もあるし、母が――」

「君の母親は、娘が億万長者と結婚するとわかったその日に病気が治ったじゃないか」ニコスは歩調をゆるめずにそっけなく言った。「今朝は元気溌剌《はつらつ》に見えたがね。雪のように白い顔をした君と違って」

アンジーはそれを否定できず、唇を噛んだ。「私はもともと白いのよ。あなた、わかってないみたいね。私には博物館の仕事と大学の講義があるのよ」

「それくらい考えておくべきだったんだよ、僕を脅迫して結婚させるときに」

アンジーはむっとした。「脅迫なんかしてないわ。そう言ったのは言葉のあやよ」

ニコスはタラップの下で立ちどまり、乱暴に彼女の腕を引っぱった。「君と結婚しなければ、宝石は戻ってこない。それが脅迫でなくてなんなんだ？」

アンジーは脅迫という言葉の響きにぞっとしながら、ニコスのぎらつく瞳を見つめた。

「わかったわ。過剰反応だったことは認めましょう。私は妹のことで動揺し、あなたはひどく冷淡だった。どうしようもなかったのよ」タラップに目をやり、突然自分が重大な間違いを犯したことに気づいた。「とにかく、あなたとギリシアには行けないわ。だから、すべてなかったことにしましょう。あなたは宝石を取り戻し、私はあなたと離婚する」

「あきらめが早いな」なめらかな声だった。「僕に罰を与えたかったんじゃないのか？　君が恐ろしい敵でいてくれないと、ぜんぜんおもしろくないよ」

もちろんニコスに罰を与えたかった。ところが、なぜか今は彼に主導権があるように思える。彼の飛行機に乗って、彼の国へ行こうとしているのだ。どうしてこんなことになったのだろう？　こちらが言いたいことを言うと、次の瞬間には彼のほうが優位に立っている。アンジーはみじめな思いで逃げ道をさがした。ニコスにそそのかされ、復讐《ふくしゅう》心に燃えたところで、どうせ長続きはしない。そんな柄ではないのだから。彼女は自分がひどく愚かな気がした。

「離婚すればいいのよ」握られた手を引きながら、彼女は言った。「今日の午後、弁護士と話すから」

「時間のむださ。僕の弁護士は優秀だ。君が要求したように、この結婚は二年先まで解消できない」ニコスは彼女を逃がすまいとするように、握った手に力をこめた。「二週間前、君が考え直さなかったことが、僕ら二人にとっての不運だ。サインした契約書に逃げ道はない。これから二年間、僕らは一緒にいるしかないんだ。最善を尽くそうじゃないか」

「でも――」

「言いたいことがあるなら、すまないが飛行機に乗ってからにしてくれないか。時間が惜しいんだよ」

アンジーは混乱したまま力なくタラップを上がったが、機内に足を踏み入れてあっけにとられた。窮屈な座席の列があるかと思いきや、まったく違ったのだ。そこはまるで優雅なリビングルームだった。ふかふかの絨毯《じゅうたん》、ゆったりした革のソファ。奥には、ゆうに二十人はつくことができる大円卓。さらにその向こうに、ドアがいくつかある。

「キッチン、寝室、浴室、上映室」ニコスは面倒くさそうに言いながらアンジーをソファに座らせた。「シートベルトを締めないと、僕のパイロットがいらつく」

「あなたのパイロット？」

「また質問かい？」ニコスは近づいてきた四人の客室乗務員の一人から書類の束を受け取った。「ティアナ？」

「はい、ご用でしょうか？」書類を渡したブロンドの乗務員が、つつましく前に進み出た。

「食事をしたい。そのあと、クリスチャンとディミトリと電話会議だ」彼は書類に次々と自信に満ちたサインをして、乗務員に返した。

「承知しました」乗務員は書類を受け取り、アンジーにほほえみかけた。「よくいらっしゃいました。なにかありましたら、いつでもお声をおかけください」

アンジーはヒステリックな笑いをかろうじてこらえた。豪華な機内を見まわし、地図をもらおうかと思った。こんな飛行機は見たこともない。これより狭いアパートメントだったらいくらでも見たことがあるけれど。「あなたのものなの？」

残りの書類から目を上げ、ニコスはいらだったように顔をしかめた。「なにが？」

「この飛行機よ」アンジーはむっとして答え、毛足の長い絨毯に足をすりつけた。

「もちろんだ」その表情から、ニコスがアンジーの質問をどう思っているかは明らかだった。彼女は思わず赤面した。どうして妹はこんな世界に仲間入りできるなどと考えたのだろう？

「なぜみんなと同じようにふつうの飛行機に乗らないの？」

「僕はみんなとは違うからだ」ニコスは書類を置いてシートベルトを締めた。「航空会社のスケジュールに縛られていたら、世界を相手に仕事はできない」

「だから自家用機を使う」

「自分の航空隊を使うんだよ」ニコスはやさしく訂正した。「最後に数えたときは五機。年配のスタッフは楽だし、移動中も仕事ができる」乗務員が持ってきたシャンパンのグラスを取ってアンジーに渡す。

「私は飲まないの」

「だったら、これから飲むように」ニコスはアンジーの前のテーブルにグラスを置いた。「リラックスできるし、そのほうがお互いのためだ。君は緊張している。それが僕のストレスになるんだ」

ニコスのもの憂げなまなざしのなにかがアンジーを不安にさせ、ストレスについての会話を思い出させた。〝セックスをしないとリラックスできない〟自分自身はリラックスなど一生できないような気がする。みんなニコスのせいだ。でも、あれはふざけて言ったに違いない。彼は私を不愉快にさせたかっただけなのだ。

いや、もうどうでもいい。アンジーはシャンパンに手を伸ばし、一口飲んだ。勇気をふるい起こさなければ。ギリシアへ向かっているなんて、まだ信じられない。しかし、窓の向こうに見える景色から、雲の上にいることは間違いなかった。

ニコスは立ちあがって電話会議を始め、アンジーはぼんやりと早口のギリシア語の会話に耳を傾けた。話題は新市場から石油価格高騰に移った。ギリシア語がわかるとはいえ、話の内容はさっぱりだった。しかたなくソファにもたれ、テーブルから雑誌を取りあげた。彼はホテルと船舶会社も所有しているらしいが、新聞を読む限り、財務の才能があるようだ。

ニコスのめざすものと興味の対象は、今もこれからもアンジーとはまったくの別世界だった。彼女は雑誌の最新ビーチウエアの紹介を飛ばし、クレタ島の古都クノッソスの記事を読みはじめた。

ロンドンを発《た》ってから約四時間後、飛行機が着陸して初めて、アンジーはギリシアのどこが目的地なのか知らないのに気づいた。電話会議を終えたニコスは彼女とは反対側のソファの端に座り、山のような書類にサインをしたりメモをとったりしている。

「あなたの島に着いたの？」

ニコスはブリーフケースを閉じ、シートベルトをはずして言った。「島にはこの飛行機が着陸できるほど大きな滑走路がない。ここはクレタ島だ」

アンジーは彼をまじまじと見た。「クレタにも家があるの？」

「別邸だ。平日、国内にいるときは、こことアテネを行ったり来たりしている。島は週末、プライバシーが欲しいときに行く。そんな心配そうな顔をしないでくれ」彼が書類を乗務員に渡すと、乗務員はいずことも知れぬ場所へ消えていった。「クレタには古代遺跡と陶片がある。気持ちが落ち着くと思うよ、キリアクー博士。博物館が懐かしくなったら、いつでも庭を掘り起こすといい」

いやみな言葉を聞き流し、アンジーはニコスについて飛行機を降りた。そんなにひどいことにはならないはずだと自分に言い聞かせる。機内では彼が仕事中毒だとよくわかった。見るからに私はじゃまだった。つまり、私は一人でいられるということだ。しかも場所はクレタ島なのだ。こんなにいいことはない。

空港から車で海岸沿いを走った。日が暮れかかり、海が真っ赤に燃える中、遠くに黒々とした神秘の山並みがそびえている。車が大きな電動式ゲートの前にとまったときには、あたりはもう暗かった。

ニコスはまたもや電話中だ。アンジーはゲートが開くのを眺めた。車は柔らかな照明を受け、車寄せをゆっくりと進んでいく。実をつけたオレンジの木がちらりと見え、アンジーは思わず身を乗り出した。すぐに降りて散策したいが、車は延々と走りつづけている。ニコスがプライバシーを大切にしているのはよくわかったが、いつになったら屋敷に着くのだろう？　そう思ったところで、車がとまった。

アンジーは気おくれしながら、ニコスのあとについて玄関前の階段を上がり、屋敷の中に入った。するといきなり、簡素なテーブルに置かれた壺《つぼ》が目に入った。

「あら……」思わず近寄り、触れようとして思いとどまる。そして、信じられないという顔で彼の方を振り向いた。「もしかして、これは……」

「君はたしか」ニコスは荷物を運び入れる使用人のためにわきにどいた。「考古学者じゃなかったか」

「ミノア文明初期のものね」アンジーは向き直ってしげしげと陶器を見た。「貯蔵用の壺――アンフォラよ。すばらしいわ」驚きを隠せない。「あなたが考古学に興味があるなんて思いもしなかった」

「趣味について話す時間はないんだよ」彼はせせら笑うように眉を上げた。「僕はギリシア人だ。ギリシア人ならだれだって母国の遺産には興味がある」

しかし、これほどの遺物を所有できるのは一握りだろう。「ほかにもあるの？」

「僕の寝室まで見に来るかい？」

アンジーはどぎまぎした。「あなたとはまともな会話ができないわね」

「いいだろう。一日じゅうしゃべってばかりで僕も疲れたよ。食事にする？　それともすぐ寝る？」

「寝たいわ」ニコスがその選択肢を与えてくれたことに、アンジーはほっとした。今日一日の出来事で、とにかく疲れていた。ニコスの冷たい視線といやみな物言いから早く逃れたい。

ニコスは彼女の手を取ると、階段を上がっていった。「どの寝室にも海を見おろすバルコニーがある」

彼が最初のドアを開けると、アンジーは目をまるくした。天蓋《てんがい》つきのベッドがあり、厚いシルクのベッドカバーにはピンクの薔薇《ばら》の花びらがまかれていた。一枚ガラスの窓の向こうにはバルコニー。波の音が小さく聞こえる。「すばらしいわ」

ニコスはドアを閉め、ベッドの薔薇を見て顔をしかめた。「ちょっとやりすぎだな」

「ううん、すてきよ」アンジーはドアに目をやった。「ありがとう。もうここでいいわ」

「残念だが、そうはいかない」彼はネクタイをゆるめた。「今日はストレスの多い一日だったからね」

アンジーはぎょっとしてニコスを見つめた。「まさか、ここで寝るんじゃないでしょうね」

「ああ、寝ないよ。疲れすぎていて眠れない」ニコスは窓辺へ行き、椅子の背にネクタイをかけた。そしてジャケットを脱ぎ、ゆっくりとシャツのボタンをはずしはじめた。アンジーはその場に凍りついた。まさか、本気で……。

「私、お風呂に入るわ」彼女はあわてて言った。「だから私のことは気にしないで、好きにリラックスしてちょうだい。着替えてお酒を飲むとか、泳ぐとか」

「僕のリラックス法は知っているはずだ」シャツがネクタイとジャケットの上に重なり、アンジーは急いで目をそらした。それでも、ニコスの日に焼けたたくましい胸がちらりと目に入った。「とにかく、さっぱりしないとな。浴室は右手のドアだ」

これで逃れられる。アンジーは急いで浴室に入り、鍵《かぎ》をかけた。彼はそんなつもりじゃないのよ。あんなリラックス法はジョークに決まっているわ。彼が私に興味がないのは明らかだもの。

場合によっては、ニコスが寝入るまで浴室にこもっていようと決めて、アンジーは壁のボタンを眺めた。一段低いところにある巨大なバスタブに湯をためるにはどうすればいいかわからないまま、山ほどある入浴剤を何種類か選び、つまみをいくつか適当にまわしてみると、湯がジェット噴流のように噴き出して、たちまちバスタブがいっぱいになった。ドアには鍵をかけたが、それでもびくびくしながら服と下着を脱いでいった。ニコスは私を困らせたかっただけだろう。私に禁欲を強いられたから。アンジーは香りのいい泡が立つ湯に体を沈め、そのぬくもりに目を閉じた。ようやくリラックスしてきたとき、ドアが開くような音が聞こえた。

はっとして目を開けると、ニコスが入ってくるのが見えた。黒いシルクのボクサーショーツ一枚きりの姿だ。がっしりした肩、引き締まった長い脚。これぞ第一級の男性という見本だ。

「ドアに鍵をかけたのに」アンジーが引きつった声をあげると、ニコスは無造作に肩をすくめた。

「ドアは二つあるんだよ。君は片方にしか鍵をかけなかったんだ」

7

「出てって」泡で隠れてはいたが、アンジーはさらに深く湯に沈みこみ、声を荒らげた。「一人にして」

「僕に結婚を強要する前に、よく考えるべきだったんだよ」ニコスはためらいもせずにボクサーショーツを脱いでバスタブに入ってきた。アンジーは思わず湯から出そうになったが、それでは裸をさらすことになると気づいた。自分の体に自信はない。彼のようには。

ニコスは人前で裸になることにまったく気おくれしなかった。横を向いたり、タオルで隠したりしない。セックスが自分に不可欠だと堂々と言えるのは、その力強い肉体があるからこそだろう。

湯の中にいたほうが安全かもしれない。アンジーはそう思ったが、そのとき、棚のタオルの山が目に入った。だが、すばやくニコスに手首をつかまれた。

「だめだ」ニコスはいきなりアンジーを抱き寄せた。

アンジーはもがいて立ちあがろうとしたが、泡で体がすべった。しかし、それよりなにより、ニコスの力のほうがはるかにまさっていた。必死にもがいたものの、そこで彼の下腹部が腿に当たり、思わず凍りつく。二人の目が合った。ニコスの瞳は愉快そうに輝いている。

「警告したはずだよ」彼は甘くささやくと、アンジーのウエストに腕をまわして口づけした。

ニコスの唇を感じ、アンジーは全身が炎に包まれたようになった。うめき声があえぎ声に変わる。彼の巧みなキスは、今まで経験したこともない官能に満ちていた。アンジーは顔に彼のざらざらした顎を、脚に固い腿を感じて目を閉じ、理性とは無縁の、感覚だけの世界へと漂っていった。

香りのいい湯が波打ち、ニコスの舌に唇をなぞられたかと思うと、ウエストにまわされた彼の腕に力がこもり、ぐっと引き寄せられた。アンジーは彼の胸に手を当て、その鼓動を感じた。

なぜこれがいけないことなのか、ぼんやりとした頭で考えようとしたが、理性を取り戻すより先に、ニコスの指に胸の先端をそっとなぞられ、アンジーは思わず声をもらした。興奮に震えながらも、体の奥のうずきをやわらげようと身をよじる。だが、ニコスは唇を重ねたまま、再び彼女の胸に触れ、今度はやさしく愛撫《あいぶ》しはじめた。アンジーはたまらず、無理やり唇を離して息を吸いこんだ。彼がギリシア語をつぶやいたが、意味はわからない。首に顔をうずめられると、彼女は低くうめいてのけぞった。ニコスの唇は熱い烙印《らくいん》のように肌を焦がし、手はゆっくりと自信に満ちた動きでウエストから下へとすべっていく。

アンジーは半ば無意識に体をよじって自分を守ろうとしたが、悲しいほど無力だった。ニコスは彼女の腿を開くと、指先でやさしくさぐりはじめた。あまりの快感にアンジーは息をのみ、彼のたくましい肩にしがみついた。全身が緊張し、震え、彼の巧みな指先しか感じられない。抵抗しなくてはいけないと思いながらも、どうすれば彼をとめられるのか、どうすればこの興奮をしずめられるのか、わからなかった。

息をはずませてニコスの腕に指をくいこませる。彼が唇を重ね、舌を差し入れてくると、アンジーの体はみるみる熱くなっていった。

ニコスのキスに意識が朦朧《もうろう》とし、彼の愛撫にたまらない心地よさを感じる。これが自分の体とは思えなかった。アンジーは唇を重ねたままうめき、身悶《みもだ》えした。なにかが欲しいが、それがなにかはわからない。しかし、ニコスはわかっているようで、一瞬たりとも手を休めない。やがて快感がいっきにはじけ、下腹部が痙攣《けいれん》した。

アンジーは小刻みに震えながら唇を離すと、ニコスをまともに見ることができず、その肩に顔をうずめた。そうしているうちに体の硬直がいくらかほぐれ、彼女はいたたまれないほど恥ずかしくなった。だが、彼は容赦なくアンジーを抱いたまま立ちあがると、タオルをつかんで寝室へ向かった。

「ニコス……」声がかすれ、まともに話せない。「絨毯《じゅうたん》が濡《ぬ》れるから……裸だし……お願い」

「絨毯なんか気にするな。裸なのは言われなくてもわかっている」ニコスはやさしくささやき、ベッドの真ん中にタオルを敷いて、そこに彼女を横たえた。「この一時間近くは至福のひとときだったよ」

一時間もああしていたの？　アンジーは驚いてニコスの目を見た。それほど長い時間がたったこと、自分がそれに気づかなかったことに、ますますうろたえた。いや、それよりもっとまごつくのは、裸でベッドに横たわり、彼に見おろされていることだ。体を隠そうとしたが、ニコスが彼女の両腕をつかんでほほえんだ。

「今さら恥ずかしがってもしかたない。僕たちはもう体でなじんだんだから」

不安のあまり、アンジーはニコスから逃れようとした。だが、あっという間に彼がおおいかぶさってきた。

「どうしてこんなことを？　私はあなたのタイプじゃないのに」

「今この瞬間、君はまさしく僕のタイプだよ」ニコスは息がかかるほど唇を近づけ、ギリシア語なまりで言った。

動揺と危険な興奮のはざまで、アンジーはニコスの欲望の証《あかし》を腿に感じた。それに負けないように、最後の理性をかき集める。「私は太っているし、こういうことは不慣れなの」

「不慣れなのはよくわかっている」ニコスは片手でゆっくりと、彼女の体を上から下へ撫でていった。「だけど、太ってなんかいないよ。すてきな胸だ。君は柔らかくて、女らしくて、とても魅力的だよ」

その声を聞くだけでうっとりしてしまう。これまで一度もそんなふうに言われたことはない。アンジーは目を閉じ、自分の下腹部に熱いものが広がるのを感じた。

「目を開けて」

ぼんやりした頭にやさしい命令が響いて、アンジーは素直に目を開け、後悔した。ニコスの黒い瞳の奥にあるなにかが彼女を震わせた。彼は野獣だ。捕らえた雌を見つめる野獣の王だ。

彼は私を捕らえたのだ。

「君の表情を見ていたい」ニコスはアンジーの目を見すえると、隣に横たわり、彼女の体をゆっくりと眺めた。「こんなにすてきな体をつまらない服で隠すなんて、信じがたいよ」

アンジーは傷ついたまなざしで彼を見た。「服なんてかまったことないわ」正直に言いながら、二人の会話があまりにも以前と違うのが不思議でならなかった。「私はきれいじゃないもの。だから無理にそう見せようとは思わないの」

「君は頭がよくて、きれいだよ」ニコスはつぶやき、アンジーの胸に触れた。

自分の体が美しくもなんともないことくらい、アンジーにはわかっていた。けれど、ニコスの熱い視線が彼女の不安を残らず燃やし尽くした。心の片隅では、二人はこんな関係になるはずではなかったと彼に言わなければならないと思う。しかし、心の大部分では、彼がそそぐ情熱に完全に屈していた。

ニコスがアンジーの胸の頂を舌でもてあそんだ。熱い針で刺されたような刺激が体を貫く。アンジーは身悶えし、彼の黒髪に指をからませた。やがて全身が震えだし、息をするのさえつらくなった。

「ニコス、お願い……やめて」信じられないような興奮に包まれ、アンジーは背中をそらした。

ニコスがしぶしぶ顔を上げた。「やめてだって?」声がかすれている。「どうして?」

「私たちはこんなこと――」

「君は僕の妻だよ」ニコスはアンジーのおなかを撫でた。「当然のことをしているだけだ」

手がさらに下へ下がり、彼女の体が張りつめる。

「お願い……」アンジーはニコスの指先を感じて身を震わせた。彼はさらにやさしく、巧みに、彼女の敏感な場所に触れていく。

たまらない快感に、アンジーは目を閉じ、小さな声をあげた。ニコスはギリシア語でなにかつぶやいて彼女の脚を開き、唇を這《は》わせた。

ニコスの熱い息を感じながら、アンジーは彼にされるがままになり、たちまち我を忘れた。ニコスの舌が最も敏感な場所に触れると、下半身が熱くうずきだす。興奮が徐々に高まって、やがてなにもかもが一瞬にしてはじけた。クライマックスは容赦なく続き、彼女をとらえて放さない。アンジーはすすり泣きながらニコスの名を呼び、やめてほしいと懇願したが、彼は唇で彼女をなだめ、いたぶり、さらなるクライマックスへと導いた。アンジーは生まれて初めて、体の喜びだけの世界にひたりきった。そして、激しい興奮がようやくおさまったとき、力なく横たわり、息もできないまま目を閉じた。

胸の鼓動が元に戻り、なんとか息がつけるようになると、ニコスが体を起こし、口づけした。

彼のキスは官能的で、情熱が再びよみがえってくる。

「すばらしいよ、最愛の人《アガペー・ムウ》」ニコスは唇を離してささやくと、体を重ねてきた。「君もエロティックという言葉の意味がわかっただろう。さあ、もっと先へ進もう」彼は片腕をアンジーの体の下に入れて支え、力強く身を沈めてきた。

初めて知る興奮の波に襲われながら、アンジーはニコスがリズミカルに動くのを感じた。黒い瞳がきらめいている。彼は頭を下げて唇を重ね、甘くせつないキスを続けた。

アンジーの頭の中にはニコスの体のことだけしかなかった。彼の高まりを感じ、彼が求めているものを悟り、全身でそれに応《こた》えようとしていた。やがて二人はともに熱に浮かされたようになった。

「もう一度自分を解き放ち、君のすべてを僕にくれ」ニコスがささやいた。「アンジェリーナ、なに一つ抑えつけたりしないでほしい」

その男らしい声はアンジーの耳にほとんど入らなかった。体の欲求がとっくに理性を超えていたのだ。彼女は夢中だった。恥ずかしいほどの欲望を抑制できなかった。今ならどんなことでもするだろう。体が求めてやまない解放を得られるのなら。

甘いささやきとともに、ニコスがいっきに攻めたて、アンジーはたちまちのぼりつめた。ギリシア語のつぶやきが聞こえ、ニコスも同じ歓喜のきわみに達したのがわかった。アンジーの爪が彼の肩にくいこむ。このまま死んでしまうような気がした。これほどの喜びを知ってなお、生きていられるとは思えない。

心地よい震えがようやくおさまり、アンジーはぐったりと横たわった。口をきくのはもとより、考えることもできない。ニコスの重みを、荒い息遣いを、熱く濡れた肌をぼんやりと感じる。それでも動くことはできなかった。「私……今までこんなこと……」

「経験があるんじゃなかったのか？」

アンジーは目を開け、うっとりとニコスを見つめた。「それはそうだけど……こんな経験は初めてよ。すてきだったわ」彼女は思わずニコスの首に腕をまわし、抱擁した。抱き返してくれるものと思ったが、彼はさっと身を引いた。

「これがセックスだ」ニコスはそう言うと、体を離して仰向けに横たわった。「君の期待以上のことができたとわかってうれしいよ」

アンジーの中でふくらみつつあったやさしさとは逆の、神経にさわる不愉快な言い方だった。

思いがけずぞくっとし、アンジーは体を隠そうと上掛けに手を伸ばした。しかし、ニコスの腕がそれを阻んだ。

「だめだ」彼のまなざしは冷たかった。「僕のベッドでは裸でいること。それがルールの一つだ」

あんなに親密な行為をしておいて、私のことがわからないの？「裸だと落ち着かないのよ」アンジーが小声で言うと、ニコスはあくびを嚙《か》み殺した。

「だったら慣れてくれ」

アンジーは絶句した。彼と同じように、自分も体に自信を持ちたかった。ニコスは彼女と違い、一糸まとわぬ姿で不遜《ふそん》なまでにくつろぎきっている。それも当然かもしれない。ギリシアの神々でさえ、彼の肉体をうらやむだろう。アンジーの視線はいつのまにか、がっしりした肩から胸へ、引き締まった腹部へ、今なお張りつめた部分へとさまよっていった。それにしても、なんとタフなのだろう。そう思うだけで彼女の頰はピンク色に染まった。

ニコスはアンジーの視線の先をたどり、彼女の思いを察してほほえんだ。「僕には女性が欠かせない。そう忠告したはずだよ。君はこれから多忙をきわめるな」

ニコスが自分にしたこと、自分が彼に許したこと、そのいっさいを思い出し、アンジーは身の置き所がないほど恥ずかしくなった。だがニコスは、顔をそむけようとした彼女の顎をつかむと、自分の燃える黒い瞳を見つめさせた。

「僕から目をそらすんじゃない。いいか、アンジェリーナ、僕のベッドに必要なのは女であって、考古学者じゃない」彼はアンジーに唇を近づけて言った。「ベッドから出れば、陶器でも骨でも好きなものを調べて、埃《ほこり》まみれの本を読んでいい。しかし、この僕のベッドでは君の体以外は必要ない。それを忘れないでくれ」

アンジーは悪寒と興奮を同時に感じた。頭はニコスの言葉を拒否しつつ、体はそれを裏切ってほてっている。熱を冷ます薬はなく、自分がいったいなにをしたのか、いやでもありありと思い出した。しかも、だれとそれをしたのか。ニコスは私と妹を比較したに違いない。ブロンドで申し分のないティファニー。妹が心から愛した男性とこうなったことに、アンジーは言いようのない罪の意識を覚えた。

「こんなこと、するべきじゃなかったわ」ニコスへの復讐《ふくしゅう》はゆがんだ形で自分に返ってきたのだ。

ニコスは皮肉っぽくほほえんだ。「肉体が理性ほど深く考えないのはありがたいことだ。それに、古代の遺物には詳しくても自分の体に無知な女性はすばらしくエロティックだということもわかったよ。君はとてつもなく敏感で、生徒として優秀だった。僕がなにかをするたびに、君はそれ以上のものを求めた」

ニコスのあけすけな表現は、アンジーには屈辱的だった。「そういう話はしたくないわ」

「僕もだよ。話すよりは実行するほうがはるかにいい」ニコスはベッドから出ると、浴室へ向かった。「眠たければ眠っていい。また必要になったら起こすから」

あまりに無神経な言い方に、アンジーは唖然《あぜん》として体を起こした。彼にとって、これは特別なことでもなんでもなかったのだ。それが今、はっきりした。「あなたは心底冷たい人だわ」傷ついていることは隠しようもなかった。「妹はあなたのどこに惹《ひ》かれたのかしら」

「君は頭がいいはずだ。ちょっと考えればわかるだろう」

アンジーは背筋を伸ばした。「妹がお金に目がくらんだと言いたいのなら、私の予想以上にあなたは残酷で辛辣《しんらつ》な男よ。確かにすてきなものには弱い子だったけど、妹はあなたを愛していたわ」

ニコスの黒い瞳に危険な光がよぎった。「もう一つ、ルールを言っておこう。このベッドで妹の話はするな、永遠に」

「でも――」

「君が眠くないのなら、話をするよりもっと楽しく夜を過ごせる方法があるが」

アンジーは黙りこむと、ベッドに倒れこんで横を向き、身を守るようにまるくなった。

ニコスの瞳にやさしさを見たなどと、なぜ思ったのだろう？　非情という言葉は、ニコスのような人間のためにあるのだ。


あんなふうに抱擁されたことは一度もない。

ニコスはシャワーを浴びながら、なじみのない感情と闘った。これほど居心地の悪い、落ち着かない気分になるのは初めてだ。そして……罪悪感を覚えるのも？

いったいどうしたんだ？

美女をベッドで満足させるのはいつものことだ。女性の現実離れした期待に気づかぬふりをするのには慣れているし、束縛される危険から逃げるのもお手のものだ。〝愛〟という言葉や、誤解されかねない情を示すことも慎重に避けてきた。今まではそれでうまくいったのだ。最初からルールを明確にし、女性との関係が悩みの種になったことなど一度もない。少なくとも今日までは。

ニコスは目を閉じて、シャワーに身をまかせた。なぜアンジーに対して罪の意識を覚えるのだろう？　一度抱擁したからといって、彼女が金目当てで男をたらしこむ女だという事実に変わりはないのだ。彼女は妹がしそこなったことをやり遂げようとしている。それなら、僕にどんな仕打ちをされようと当然の報いだ。では、なぜ彼女の瞳に浮かぶ驚きの色を忘れられない？　あの抱擁を忘れられない？　あろうことか、あのとき、僕は思わず彼女を抱き返そうとさえした。かろうじて自衛本能が働いたが、そうでなければ、今ごろ不可解な思いにさいなまれていたに違いない。

おそらく、僕が愛情を与えることにも受け取ることにも慣れていないのが問題なのだろう。とりわけ勘違いが起きやすいベッドの中では。女性が男よりも深い関係を望むことはよく知っている。だが僕にとって、女性との交わりは肉体的な解放以上のものではない。そして、これからもそうありつづけるだろう。

男が一人の女性に永遠の誓いを立て、その誓いを破ったらどうなるかは、目の当たりにしてきた。父が誘惑に勝てずに、結婚生活をどれほど悲惨なものにしてしまったかは。

いくら僕の新妻がすばらしく知的で、ベッドで驚くほど魅力的でも、この結婚はあくまで彼女の貪欲《どんよく》さがもたらしたものだ。僕には結婚する意思などなかった。

だから僕が罪の意識を感じる理由などない。

結婚は彼女の選択だ。

その結婚を、こちらが逆手にとってなにが悪い？

8

目が覚めると、巨大なベッドに一人きりだった。遅い時間なのだろうと、アンジーは思った。開け放たれたフレンチドアから日が差しこみ、抜けるように青い空が眠気を追い払って、バルコニーへと誘う。

それでも、アンジーは起き出さなかった。昨夜の出来事がよみがえり、ショックのあまり動けない。私はいったいなにをしたの？

妹を嘆き悲しませた男とベッドをともにしたのだ。妹が愛し、結婚を望んだ男と。自分のしたことが恐ろしく、アンジーは起きあがって両手で顔をおおった。恥ずべきことだ。なぜあんなことになったのだろう？　彼を押しのけ、拒絶するべきだった。体が反応するなんて、もってのほかだ。これから、いったいどうすればいい？

そのとき、ドアをノックする音が聞こえ、アンジーは顔から手を離すと、上掛けを顎の下まで引っぱりあげて体を隠した。トレイを持った女性が入ってきた。そのうしろに何人か従えている。

「ミスター・キリアクーから、お荷物をお持ちするようにと申しつかりました。荷をほどく間に、朝食を召しあがっていただくようにとも」

荷物？　なんのこと？　結婚式のことしか考えていなかったから、荷物など一つもない。しかし、さまざまな箱が隣の衣装部屋へと運ばれていく。

女性がほほえんで言った。「マリアと申します。ミスター・キリアクーのメイドです。ご用はなんなりとお申しつけくださいませ」

メイドが部屋から下がると、アンジーはベッドから出て、大急ぎで浴室へ向かった。ニコスが現れる前に服を着なくては。手早くシャワーを浴び、きちんとたたまれたバスローブに袖《そで》を通して衣装部屋へ行ってみる。なんと、服や靴でいっぱいだ。

「目が覚めたみたいだな」

背後でニコスの太い声が聞こえ、アンジーはバスローブの前をかき合わせて振り返った。それにしても、なぜ彼はいつも自信に満ち、冷静に見えるのだろう？　私は昨夜のことで気おくれしているのに、彼はといえばちらりとこちらに目を向けただけだ。

「服を着て、下のテラスに来てくれ」

アンジーは衣装部屋を手で示した。「服なんて、お願いした覚えはないわ」

「僕と結婚した副産物だ」ニコスはこばかにしたように言った。「君は考古学者かもしれないが、ポンペイから発掘されたような服でうろつかれたくないんだよ。この結婚を周囲に納得させるには、僕が興味を持ちそうな女性に見えてもらわなくては困る」

アンジーは傷ついた。昨夜、つかの間ながらも、自分は美しいのだと感じられた。ニコスが私にそう思わせたのだ。そして今、あれは口先だけだとよくわかった。それにしても、こうまで傷つくとは。

彼に魅力的だなんて思われなくてもいいじゃないの。どうして彼の気持ちを気にするの？

「まともな人なら、この結婚が本物だなんて思わないわよ」アンジーはにべもなく言った。「なぜなら、私はあなたのような浅薄な人に興味がないから。ドレスアップして、あなたに関心を持たれるような女になる気もないわ」

「一カ月間スタイリストをつけたところで、どうしようもないかもしれないな。でも、努力してくれ。でないと、僕の手で服を着せる。腹を立てる前に、この結婚は君が望んだものだということを思い出すんだ。君は望みをかなえた。そして僕は、だれからも興味本位の質問をされたくない。マスコミの注目も集めたくない。仏頂面の君をパパラッチに撮られて詮索《せんさく》されたくないんだ。この屋敷を出るとき、君は恥じらいいっぱいの花嫁でいてくれ。そのことを忘れるな」

アンジーが言い返す間もなく、ニコスは部屋を出ていった。彼女の目に涙がたまった。どうしてそこまで人目を気にするの？　新聞や雑誌なんか読まなければいいのに。

どうして彼と結婚しようなどと思ったのだろう？　これで彼を罰することなんてできるのだろうか？　結局、自分の思慮が足りなかったということだ。もっとよく考えていれば、結婚なんて言いださなかっただろう。私はニコスのような男と一緒にいて楽しめるタイプではないのだ。彼が相手にするのは肉体的な魅力を磨くのに熱心な女性で、私とは正反対。彼といると、気が進まないことばかりさせられる。物心ついてから、人前に出ることはできるだけ避けてきたのに。

アンジーは服を眺めた。どれを着たらいいかわからない。母の言葉がよみがえった。〝おまえは服のセンスがないのよ。ほんと、やぼったいんだから〟彼女はシンプルな白のブラウスとゆったりしたターコイズブルーのパンツを手に取った。自分が妹と違うのはよくわかっている。ティファニーは美しく、自信に満ちていた。パンツを手に、同系色のサンダルを選ぶ。いや、違う色のほうがいいだろうか？　ああ、だれかに相談したい。妹なら、すぐに教えてくれるだろう。

それにしても、ニコスはよく私のサイズがわかったものだと思いながら、アンジーは鏡をちらりとも見なかった。ただでさえ自信がないのに、目で確認してまた落ちこむのはいやだった。

ニコスが四件の電話をすませ、コーヒーを飲んでいるところへ、アンジーがおずおずとテラスに姿を見せた。最初に気づいたのは、彼女が髪を下ろしていることだった。その次は、服がよく似合っていること。シンプルな白のブラウスは胸のふくらみをうかがわせ、仕立てのいいパンツは長い脚をすらりと見せている。昨夜、彼にからみついた脚を。

ふいに興奮を覚えて、ニコスは小さく毒づいた。たしなみがよかろうと、ベッドで才能があろうと、アンジーがアンジーであることに変わりはない。アンジーと妹と母親は、同じ遺伝子を持っているのだ。一刻も早く宝石を取り返す必要がなければ、こんなろくでもない結婚に同意などしなかった。

化粧をしていないアンジーは色白で、はかなげで、不安そうに見える。彼女はテーブルに近づいてきて、椅子に腰を下ろした。どういうわけか、その無防備なようすに、ニコスはいらだった。自分をにらみつけ、議論を吹っかけてくれたらいいのにと思う。

ところが、アンジーは黙って座っているだけだ。睡眠不足で目の下に隈《くま》ができ、昨夜の激しい行為のせいで唇が少し腫《は》れている。使用人がカップにコーヒーをついだ。

「ありがとう」

アンジーのかすれた声に刺激され、ニコスはいきなり会議をすべてキャンセルしようかと考えた。彼女をベッドに連れ戻し、一日かけてさらに教育するのだ。

テーブルごしにアンジーをつかんで引き寄せたい。その衝動の強さに面くらい、ニコスは椅子が倒れるほど勢いよく立ちあがった。「それじゃ」

アンジーが顔を上げた。「出かけるの？　もう？　コーヒーが残ってるわ」

自分の行動に彼女が驚いたというだけで、ニコスのいらだちはつのった。「なにをするか、いちいち人に説明する習慣はない。ましてや、脅迫の得意な妻にはね。僕には仕事がある」

実はこの屋敷にも最新機器を備えたオフィスがあるのだが、今日はアテネまで行くことにした。ここにいたら、仕事をほうり出して妻を呼び、ベッドでまた見境のないことをしてしまいそうだ。

アンジーは落ち着きなくカップをもてあそび、彼の視線を避けている。「いつ帰ってくる？」

「帰りたくなったときに」ニコスはテーブルの携帯電話を取りあげた。彼女の頬が赤みをおびたことに、残酷な満足感を覚える。

その瞬間、彼は実感した。二人のうちどちらがこの結婚でより厳しい罰を受けているのかを。

「あなたが留守の間、私はなにをするの？」

ニコスは電話をポケットに入れ、無造作に肩をすくめた。「君がなにをしようと、僕は興味がない。ここはクレタ島だ。目を皿のようにしてさがせば、掘るのに手ごろな土があるだろう。それくらい平気だよな、君の家族は汚い仕事が得意だから」

アンジーの華奢《きゃしゃ》な肩がこわばった。「私は節度を保とうと努めているのに、あなたの態度はなに？」

「僕は君に節度なんか求めていない。君の人格はどうでもいいんだ。僕が望んだときに服を脱ぎ、ベッドに横たわればそれでいいのさ」彼女の頬がいっそう赤く染まる。「いいかい、僕がこの結婚で君に期待しているのはそれだ。結婚を決め、そのルールを定めたのは、君なんだよ」

「私は別に――」

「君が考えもしなかったことは、山のようにあるんだ」ニコスは諭すような口調になった。「慰めを言えば、経験豊かなビジネスマンでさえ、細部には不注意な場合が驚くほど多い。だから僕はいつでも勝つんだ。僕は徹底して考え抜くからね」

彼がジャケットに手をかけると、アンジーがテーブルごしにその手をつかんだ。「待って。出かける前にきいておきたいことがあるの」

彼女の指の感触にニコスはぞくっとし、それがよけいに怒りをあおった。「ヘリコプターを待たせているんだ」

「ここなの？」消え入りそうな声でアンジーはきいた。「妹が死んだ場所を知っておきたいの」

ニコスは一瞬ためらい、それから腕を引いた。彼女の手がだらりと下がる。「君の妹が転落したのはアテネの屋敷だ。ここへ連れてきたことはない」記憶がよみがえり、彼は唇を引き結んだ。なぜこうなったのだ？　ヘリコプターへ向かいながら考える。こんな状況は慎重に避けてきたはずではないか。

苦々しい思いで、ニコスは認めざるをえなかった。自分自身、考えが足りなかったのだ。宝石を取り戻そうとしたとき、アンジーの〝罰〟をそっくりそのまま彼女に返してやると心に決めた。ところが今、二人のうちどちらが重い罰を受けているか、判別するのはむずかしくなっていた。

どうしてニコスがあんなに怒っているのか、アンジーにはわからなかった。怒っていいのは私のほうだ。妹が彼に捨てられたのだから。

ニコスの態度はひどすぎる。自分が人にどうふるまっているか、少しくらい考えるべきだ。たぶん彼は、犯した罪の償いをしたくないのだろう。女性とベッドをともにしては捨て、また次の女性を見つけるというのが彼のやり方なのだ。

つまり、私が課した罰は功を奏しているということだろうか？　今、彼は結婚によって私に縛られている。彼の表情が険しいのは、私の計画が効果をあげているからだ。

昨夜の出来事は彼にとってすばらしいものではなかったらしい。もっと私を求めて、ベッドでぐずぐずすることもなかったのだから。

ベッドでの長い行為と睡眠不足で疲れきったアンジーは、コーヒーを飲みながら、今日はどうやって過ごそうかと考えた。そのときヘリコプターの音が聞こえ、とっさに真っ青な空を見あげた。ヘリコプターは垂直に上昇すると、速度を上げて海を渡っていった。彼はどこへ行くのだろう?

まあ、私の近くにいないのは確かだ。おかげで冷酷な言葉を聞かずにすむ。

結局、アンジーは静かに時間を過ごした。美しい屋敷を探検し、庭のベンチに座り、すばらしいプールで泳いだ。

いずれニコスが帰り、のんびりした時間は終わる。それを考えずにいられたら、ここが楽園に思えただろう。そして、妹が愛した男性と一夜をともにしていなければ。アンジーは考えこみながら、プライベートビーチに続く階段を下りていった。どうしてあんなことになったのだろう? 彼に教えてやるつもりだったのに、逆に自分がレッスンを受けるとは。昨夜の記憶がよみがえり、彼が呼び覚ましたなにかが全身を貫いた。彼女はうろたえ、暖かい砂浜に腰を下ろして美しい入江を眺めた。

「パンドラの箱を開けちゃったわね」アンジーはつぶやき、爪先を砂にうずめて膝をかかえた。「二度と閉じこめられないものを解放してしまったのよ。死ぬまでつき合わなければならないわ」体がなにを感じるかを知ってしまったのだ。とはいえ、ニコスにはもう二度と触れさせない。昨夜の出来事は過ちであり、だれでも過ちは犯すものだ。大切なのは、それを繰り返さないこと。

アンジーはそうやって長い時間、ただ海を見て過ごした。それから階段を上がって寝室に戻った。午後も遅い時間で、シャワーを浴び、なにを着ようか迷っているところへ、ヘリコプターの着陸する音が聞こえた。

彼女は体をこわばらせた。心臓が早鐘を打っている。その直後、ニコスが寝室に入ってきた。

「裸で待っていてくれたわけか」冷たい笑みを浮かべ、彼はブリーフケースを床に投げ出した。「学習するのが早いな」

アンジーは体に巻いたタオルを押さえ、逃げ出そうとした。だが、彼のすばらしくハンサムな顔からどうしても目をそらせない。「服を着るところだったのよ」

「時間をむだにすることはない」ニコスはいきなりアンジーのウエストに腕をまわして引き寄せた。なにをする気か、彼女にもわかった。「今日はずっと君のことを考えていたよ」

アンジーは思わず彼の長いまつげに見とれながらも、頭をはっきりさせようとした。

「私のこと？」

「ああ、残念ながら」ニコスが眉をひそめ、彼女の口元にささやく。「君の次のレッスンを考えていた」

「レッスン？」唇に彼の熱い息を感じ、アンジーは誘うように少し開いた。「なんのレッスン？」

「男女の関係についてだ。もう中級に上がってもいい」彼は唇を重ね、長いキスをした。

「ゆうべの初級コースを、君は立派に習得したよ、キリアクー博士。さすがに君は物覚えが速い」

アンジーはニコスの顔をひっぱたくべきだと思った。ところが、体の芯《しん》がうずき、すでになじみになった感覚が全身に広がっていく。彼女の手はニコスをたたくどころか、シャツのボタンをはずしはじめた。男らしい胸があらわになる。彼にはもう二度と触れさせないという決心はどこかへ吹き飛んでいた。妹がこの男を愛していたことも忘れ去った。頭にあるのは、指先から伝わるニコスの肌の感触だけだった。両手をすべらせ、彼の首にまわす。ニコスが激しいキスをして、荒々しく舌をからませてきた。そして、彼の手がタオルに伸びたかと思うと、アンジーはひんやりした空気を感じた。湿ったタオルが床に落ちた。

ニコスは唇を重ねたまま、両手をアンジーのヒップに当てて引き寄せた。その手の感触に、彼女は小さく声をあげた。

「君が欲しい。一日じゅう、そのことだけを考えていた」ニコスの指先を感じ、アンジーは声をもらして彼の首にしがみついた。抵抗しなくてはいけない。それはよくわかっていたが、どうしてもできなかった。

「お願い、やめて」ニコスの唇にささやくと、彼は低く笑って彼女をベッドに倒し、興奮した自分の体を押しつけた。

「こんなにすてきなことはやめられないよ」ニコスは首にまわされたアンジーの手をほどき、ズボンのウエストに導いた。黒い瞳が熱っぽく輝く。

アンジーは体の隅々がうずくのを意識しながら、もどかしい思いでニコスのズボンの留め金をはずし、ファスナーを下ろした。指先に彼の高まりを感じる。

ニコスは息を荒くしてギリシア語でなにかつぶやくと、アンジーをうつ伏せにした。どうするつもりなのか、アンジーが尋ねようとしたとき、ニコスの温かい湿った唇を脚の間に感じ、たまらずに声をもらして枕《まくら》にしがみついた。髪が顔にかかり、まぶたをぎゅっと閉じる。彼の唇の動きに全身がわななき、やめてほしいと頼もうとした瞬間、力強い指先を感じた。それから、彼がじらすようにゆっくりと身を沈めてきた。彼女はいっきに歓喜の頂点に押しあげられ、声をあげないように枕の端を嚙《か》んだ。ニコスは力強い動きをゆるめず、部屋には彼の荒い息遣いと肌が触れ合う音だけが響いた。

ニコスがギリシア語でうめいた。アンジーのヒップに当てた手に力がこもったかと思うと、彼の体は一瞬こわばり、たちまち力が抜けた。

ニコスは身を離すと、ぐったりしたアンジーを抱きあげて、自分の方に顔を向けさせた。彼の呼吸はまだ荒い。彼女のもつれた髪を撫《な》で、ほてった頬を見つめる。「中級コースも無事通過だ」

そこでニコスがいきなり腕を解き、アンジーをベッドにどさりと落とした。そして、ズボンを脱いでバスルームへ向かった。そこで初めてアンジーは、彼が服を着たままだったのに気づいた。ニコスを拒否するという決意はこの程度なのだ。

近くにニコスがいると、触れたくてたまらなくなる。どうしてなのかはわからない。彼に触れられると自分が変わってしまうことも理解できない。頭では、彼を無視するべきだとわかっている。二人に共通点はなく、彼は妹を捨てた男だ。そしてなにより、ベッドの上の彼には愛情も温かみもない。あるのは本能的な欲望だけ。少なくとも彼のほうには。ほかになにかあるとすれば、私への怒りだ。今朝と同じように。

私だってニコスのことを怒っている。アンジーは半ばやけのように自分に言い聞かせた。あの男は妹をたぶらかしたのだ。

それでもなお、ニコスが部屋に入ってくると、胃がひっくり返りそうになる。彼に触れられると、自分を失う。頭がからっぽになり、彼が味わわせてくれる快感のことしか考えられなくなる。

こんなことは間違っている。だが、どうして間違っているのかはわからなかった。

考えにふけっていたアンジーは、いつシャワーの音がやんだのか知らなかった。顔を上げたとき、ようやくニコスが目の前でシャツのボタンをとめているのに気づいた。

「十分で服を着てくれ」彼は黒い蝶《ちょう》ネクタイを取りながら、冷たい声で言った。「出かけるから」

「どこへ?」恥ずかしさのあまり、アンジーは床からタオルを拾いあげて体の前に当てた。

「どこへ行くの?」

「チャリティ舞踏会だ」ニコスはぶっきらぼうに答え、手際よく蝶ネクタイを整えた。

「退屈だが、君も行くしかない」

チャリティ舞踏会? アンジーは縮みあがった。「いやよ。とんでもないわ。私は行きません」

「選択の余地はない」

ニコスはなにかに怒っていた。心の底から。

「お願いよ」アンジーの声がかすれた。社交行事ほどつらいものはないのだ。「そういう場所は苦手なの。なにを着ればいいか、なにを話せばいいか、見当もつかないわ。口先だけの会話も苦手。私が行けば、あなたを目立たせて、困惑させて――」

ニコスはズボンをはき、上着に手を伸ばした。「同伴者が必要なんだよ。君のせいで、ほかの女性を連れていくわけにはいかない。さあ、服を着るんだ。会話が苦手なら、ずっと黙っていろ」

「私はどういう立場なの?」

「僕の妻さ」ニコスはわざとらしくほほえんだ。「君は詮索されまくるだろう。どうやって僕をつかまえたかね」

言い換えると、周囲の視線を浴びまくるわけだ。そして、ゴシップをささやかれまくる。あまりにおぞましく、アンジーは目を閉じてかぶりを振った。「私、服は着ないわ」

「いいさ、だったら裸で行こう。間違いなく注目の的だな」ニコスはアンジーの腕をつかんだ。アンジーは唇に彼の息を感じ、胸を高鳴らせた。ニコスはそれを察して薄笑いを浮かべた。「今はだめだよ。残念ながら時間がないからね。でも、あとで必ず。約束するよ。さあ、服を着て」

どうしてニコスに逆らえないのか、なぜ勝手に体が反応するのかわからない。アンジーは自己嫌悪に陥りながら衣装部屋へ行き、ラックに並ぶドレスを眺めた。だめだ、お手上げだ。彼女はニコスの方を振り返り、哀れな声で頼んだ。「お願い。どれを着たらいいか、教えて」

ニコスがアンジーの目を見つめた。彼女は皮肉な言葉を想定して身構えた。

すると、彼はギリシア語でなにかつぶやき、ラックに近づいてドレスを一着はずした。「これが似合うと思う。靴はわからないが、ハイヒールがいいだろう」

飛びあがるほどうれしくて、アンジーはニコスに抱きつきそうになった。だが、すぐに自分に言い聞かせた。彼は薄情な人間だ。妙な服を着られて自分がいやな思いをしたくないから選んだにすぎない。

緑のシルクのドレスを身にまとったアンジーは、胸元の開き具合に顔をしかめた。

「ちょっと開きすぎね」彼女が胸元を引きあげようとすると、ニコスがとめた。

「そのままでいい。君はスタイルがいいんだから、やぼな上着と不格好なパンツで隠してはだめだ」

スタイルがいい？　アンジーはとまどった。からかうのもいいかげんにしてほしい。目に熱いものがこみあげる。「体のことでからかうなんて残酷よ。私の気持ちを少しくらい考えて」

ニコスは意外な顔をした。「ずいぶん自分を過小評価しているんだな」

アンジーの顔は真っ赤になった。彼は本気で言ったのだろうか？　まさか、そんなはずはない。自分のスタイルくらいよくわかっている。

一時間後、アンジーは自意識の塊になっていた。目の前には手の込んだ料理。周囲の人々がこちらをちらちら見ながら話し、観察されているのがわかる。彼女は黙って料理を口に運んだ。それにしても、セックスがストレス解消剤のはずなのに、ニコスは愛し合ったあとのほうが機嫌が悪くなる。いや、あれは〝愛し合う〟のではない。二人の行為には愛もロマンスもなく、あるのはただの欲望だ。アンジーは頬を染めて、フォークを置いた。

突然、自分の姿が脳裏に浮かんだのだ。ベッドで動物さながら彼を受け入れている自分の姿が。

　隣では、ニコスが早口のギリシア語で国際投資について語っている。アンジーはふと、自分の左隣に座っている男性に申し訳ない気がした。優雅な美女を期待して来ただろうに、こんな女の横に座らされたのだ。それも、黙りこくっているだけの。彼女は自信がないまま、無難な話題をさがした。

　するとアンジーの気持ちを読んだように、彼のほうから緊張した面持ちで話しかけてきた。「イギリスの方ですか？　あいにく私は英語が下手で」

「あら、とてもお上手ですわ。でも、ギリシア語でもまったくかまいません」アンジーは急いでギリシア語で応じた。彼が話しかけてくれたのがありがたかった。彼の目に驚きと喜びの色が浮かぶのを見て、アンジーはいくらか緊張がほぐれた。「ニコスとはお仕事の関係ですか？」

　彼は困惑ぎみにほほえんだ。「西欧諸国の大半の企業があなたのご主人と仕事をしているでしょうが、残念ながら私は違うんです」ワイングラスに手を伸ばす。「私はディミトリ・ヴァッサラスといいます。文化科学省で遺跡保護の仕事をしていて、目下の大きなプロジェクトは盗掘の予防です。あなたのようなすてきな女性には退屈な話でしょう」

「とんでもない」あれだけ不安だったのも忘れ、アンジーは顔を輝かせた。身を乗り出し、流暢《りゅうちょう》なギリシア語で続ける。「そういうお話はとっても興味があります。盗掘を恐れるあまり、適切な記録を残す間もなく遺物を移動させる、ひいては貴重な情報が失われて……」相手がびっくりしているのに気づき、アンジーは赤面して言葉を切った。

ディミトリは咳《せき》払いをした。「考古学にご興味が?」

そこでニコスから黙っていろと言われたのを思い出し、アンジーがさりげなくごまかそうとしたとき、ニコスが横から口をはさんだ。

「妻は君に負けないくらい詳しいんだよ、ディミトリ」彼はアンジーの顔を見つめて言った。「ギリシア語の知識は、その付録のようなものでね」

そういえば、ギリシア語がわかることをニコスに話していなかった。アンジーは彼の顔色をうかがったが、なにも読み取れなかった。怒っているのだろうか? いつものように豊かなまつげの陰になり、瞳の奥はのぞけない。彼が考えていることは謎《なぞ》だ。

「それはそれは……」ディミトリがアンジーの手を取り、挨拶《あいさつ》のキスをした。「我が国の遺産を理解してくださる方にお目にかかれて光栄です」

「古代遺物の保存はとても重要なお仕事ですわ」アンジーは静かに言った。うれしそうなディミトリの視線に頬が染まる。「発掘現場を丹念に調べて記録を作成しても、盗掘のようなことがあると、情報の質そのものに疑問が生じますから」

「ご主人には感謝しているんですよ」ディミトリはワイングラスを手に取った。「ご主人のような地位の人で、遺跡の価値を理解し、商業的利益を進んで犠牲にしてくれる人はほとんどいませんから」

「進んで犠牲にしているつもりはないね」ニコスはあっさり言うと、グラスに口をつけた。「山のように不満があったのを忘れたわけじゃないだろう。君が耳を貸してくれなかっただけだ」

「ほぼ確実に遺跡が埋もれているとわかってからはなにも言わなかったじゃないか」ディミトリはアンジーに目を向け、熱のこもった声で言った。「大規模な考古学調査と発掘プロジェクトがもうじきスタートします。おそらく青銅器時代初期の――」

「ディミトリ」ニコスがさえぎった。「講義を始めるつもりなら、ここが寄付金集めの場だということを忘れないでほしいな。僕は退屈すると気前が悪くなる」

「でも、今度のプロジェクトでは資金の心配はしなくていいみたいだ」ディミトリが明るく言った。

ニコスは眉をぴくりと上げて、皮肉たっぷりにきき返した。「資金の心配はしなくていい？」

「プロジェクトへの投資効果を、私から説明する必要がなさそうだという意味さ。この知性ある美しい奥さんが私のかわりにあなたを説得してくれるだろう」

「君はそうするつもりかい？」ニコスはアンジーの方を向いた。

ニコスのどこかばかにしたような口調にとまどい、アンジーは彼の目を見つめ返した。

そして、これ以上ニコスに自信を奪われまいと心に決め、ディミトリに視線を戻した。このパーティを乗り切るために利用できるものはなんでも利用しよう。ましてやそれが自分の知識なら好都合だ。「プロジェクトについて、もっとうかがいたいわ」

テーブルのほかの客たちが聞き耳を立て、アンジーは同席しているのが政府の高官たちだと知った。じきに始まったギリシア語の会話は、プロジェクトの寄付金集めと後援企業さがしのむずかしさについてだったからだ。

「それで僕が呼ばれたわけさ」ニコスは体を引くと、給仕係が皿を下げた。「スポンサーとしてね」

「考古学調査にはスポンサーが大切なのよ」

アンジーの言葉に、ディミトリがにっこりした。「あなたのご主人は寄付をするだけで、細かいことには口を出さない。ところが、半端な考古学者よりはるかに知識がある」

アンジーは内心驚いた。そんな話は初耳だ。私が知っている彼は、セックスとお金にしか興味がない。ディミトリは同じ人間のことを話しているのだろうか？　彼女は信じられない思いでディミトリを、それからニコスを見た。ニコスはそしらぬ顔をしている。

「妻とは、初期のミノア文明についてほとんど語り合ったことがないんだよ」

ニコスの言葉に、ディミトリはほほえんだ。「だろうね。まだ新婚なんだから。それにしてもすばらしい組み合わせだ」彼はうれしそうにテーブルのほかの客を見まわした。

「奥さんは新しいプロジェクトに多大な貢献をしてくれるに違いない。ニコス、もうあなたの寄付は必要ないよ。かわりに奥さんをいただきたい」

「妻がこれほど人気を博すとはな」

ディミトリは笑った。ニコスの口調にある刺《とげ》を無視したか、気づかなかったか。「ミセス・キリアクー、クノッソスには行かれましたか？　クレタで名高い古代都市です」

「ええ、数年前に」アンジーはニコスにちらりと視線を向けた。彼の体はこわばっている。不穏な雰囲気だ。「でも最近ではないので、ぜひまた行ってみたいと思っています」

「では、私がご案内しましょう」ディミトリが即座に言うと、ニコスはアンジーの手首をつかんで立ちあがった。

「せっかくだが、クノッソスへ行く手配はもうすませてあるんだ。僕がアンジェリーナを連れていく」

アンジーは引っぱられて立ちあがった。

「すまない、ちょっとダンスをしてくるよ」

周囲がにやにやし、アンジーは顔がほてるのを感じた。慣れないハイヒールで歩くのがつらい。「これじゃダンスどころではないわ」

ダンスフロアの中央にたどり着くと、ニコスは腕の中にアンジーを引き寄せた。彼の力強い体にぴったりと寄り添ったアンジーは、全身を震わせた。

「またディミトリといちゃついたら」ニコスはぞっとするような声で言った。「骨や陶片に交じって、あいつの死体が発掘されることになる」

「いちゃつく？」アンジーはニコスの胸に手を当て、そのたくましさを感じまいとしながら、そっと押しのけた。「そんなことしてないわ」

「あいつの目は君に釘《くぎ》づけだった。ディミトリとは十年来のつき合いだが、あんなところは見たことがない」

ニコスとぴったりくっついて、アンジーがまともに考えられるはずもなかった。「あなたが気にすることないでしょ。私に興味がなくても、所有欲だけはあるのね」体を離そうとしたが、ニコスはダンスをリードし、アンジーはハイヒールでころばないようにするのがやっとだった。

「そういう問題じゃない。君は僕の妻なんだ。あいつの誘いを受けようなんて思うんじゃない」

自分を所有物のように扱うニコスの態度にかっとなり、アンジーは言い返した。「おもしろそうだと思えば、どんな誘いだって受けるわ。婚前契約書には、私がほかの男性と出かけてはいけないなんて書いてないでしょ」

「この僕がだめだと言ってるんだ」ニコスは語気を強めると、彼女の顎に手を添え、自分の方を向かせた。彼の瞳は暗く危険な陰りをおびていた。「いくら君がその気でも、ディミトリにはアテネに若い妻と子供がいる。いや、それくらい君なら平気かな」

ニコスのいやみな言い方に、アンジーは顔をしかめた。どうして私がその気だなんて思うの？　それに、相手が既婚者でも平気だなんて。

「私のことを身持ちの悪い女みたいに言うけど、そうじゃないのはわかっているでしょ」

ニコスはアンジーを見おろすだけで、なにも言わない。「彼は楽しいわ。その……教養があるし」沈黙を破ろうとして口を開いたものの、続かなかった。この程度のありきたりな表現にさえ、ニコスの表情がいっそう曇ったからだ。「楽しいといっても、アカデミックな意味でよ。一緒にいれば意見を交換できるし、お互いに学べるわ」

「君は僕からだけ学べばいい」ニコスはアンジーのウエストにまわした手に力をこめ、出口へ向かった。

「挨拶もしないで帰るなんて……」

「僕は招待客だ。気兼ねなんかいらない。みんなが気にしているのは僕の財布の中身だけで、マナーなんかどうでもいいのさ」ニコスは車高の低いフェラーリの助手席に彼女を押しこめ、自分は運転席に座ると、ステアリングを握り締めて発進した。

「あんまりだわ」アンジーは博物館を振り返った。「挨拶ぐらいしなくちゃ。みなさん、気を悪くするわよ」

「彼らが気を悪くするのは、寄付をせびって断られたときだけだ」

「裕福だから無作法でいいってことにはならないでしょ」アンジーはきっぱり言うと、窓の外に目を向けた。本能だけで生きているような男に負けそうな自分がいやになる。ニコスは彼女が知っているどの男性とも違っていた。その強引な態度には腹が立つ。「ディミトリは魅力的だし、マナーも心得ているわ」

返ってきたのは沈黙だけだった。ニコスの顔を盗み見ると、射るような黒い瞳に見返され、アンジーは胃がひっくり返りそうになった。

ニコスは視線を前方に戻した。アンジーは目を閉じて、落ち着こうと努めた。まるで自分らしくない。どうしてこんな気分になるの？ ステアリングを握り締め、スピードを上げるニコスのようすから、彼も同じように落ち着かないでいるのがわかった。

そこでいきなり車が左折して荒れた道に入り、アンジーは思わず座席につかまった。

「少しスピードを落としたら？」

「のんびり走る気分じゃないんでね」ニコスが車をとめると、かすかな波の音が聞こえた。

「ここはどこなの？」

「じゃまをされない場所だ」ニコスが助手席側のドアを開け、アンジーは車から降りざるをえなかった。

「悪いけど、あなた、ちょっとおかしいわ」ハイヒールが砂浜に埋もれて、うまく歩けない。

ニコスは無言で彼女を抱きあげ、波打ち際まで運ぶと、浜辺に下ろしてハイヒールを脱がせた。

アンジーが足に湿った砂を感じる間もなく、ニコスは激しく唇を重ね、たくましい体を押しつけてきた。「ニコス……」突然のことに驚きながらも、アンジーは彼に体をあずけた。自信に満ちた手が彼女のドレスを脱がせていく。「だめよ、だいなしになるわ」そうささやいたときはもうドレスは砂の上にはらりと落ち、彼女は素肌に暖かい夜気を感じた。

「また買ってやる」ニコスはキスを続けながら上着を脱ぐと、そっとアンジーを砂浜に横たえた。そして彼女に体を重ね、ギリシア語でささやいた。「君が欲しい、今すぐに」

アンジーは笑いともうめきともつかない声をあげた。〝君が欲しい〟そんな短い言葉で、なぜこんなに体が震えるの？

「私もよ」ギリシア語のささやきはあえぎに変わった。ニコスの唇が胸の頂に触れ、舌でさいなむ。アンジーは体のうずきをやわらげようと腰を浮かした。しかし、ニコスの体に押さえつけられ、興奮は行き場のないまま渦巻いた。

「わかっている。身悶《みもだ》えする君は、僕の最高の興奮剤だ」

アンジーは脚の間にニコスの指を感じ、すすり泣きをもらした。彼はどこにどのように触れればいいかを憎らしいほど知っている。巧みな動きに彼女は震え、身をよじった。

「お願い、ニコス」

ニコスはアンジーの胸から顔を上げた。息遣いが荒い。月の光の中で彼の姿はぼんやりとかすみ、それがいっそうセクシーだ。ニコスは彼女の腰を支えると、いっきに体を沈めた。アンジーは驚きと満足の声をもらし、ニコスの情熱に応《こた》えるように脚をからめて迎え入れた。本能に突き動かされるまま、彼の動きに合わせて腰を浮かす。官能に溺《おぼ》れるアンジーに前触れなくクライマックスが訪れ、一瞬ののちにニコスも陶然となった。

夜気は暖かく、湿った砂が背中に痛い。アンジーは目を閉じて、体の中に彼を感じながら、気持ちをしずめようとした。静かな波の音が聞こえる。

徐々に現実が戻ってきて、アンジーは恥ずかしくなった。「浜辺でこんなことをしてはいけないわ」

少ししてからニコスは顔を上げ、アンジーから離れて立ちあがった。あれだけエネルギーを消耗したあとでさえ、まだ余力が残っているのだ。「ここはプライベートビーチだから」彼女の腕を取って立たせる。「持ち主は僕だ」

そういうこと。アンジーの気持ちは沈んだ。ニコスは目に見えるものはなんでも持っている。そこではっと気づいた。彼は服を着ているが、私は裸だ。すると、ニコスがドレスを拾いあげて着せてくれた。ふいにアンジーは、なにか言ってほしいと思った。なにか一言でいいから。二人で濃密な時間を分かち合ったあと、彼もなにか言いたいはずだ。

しかし、ニコスは自分の上着とアンジーの靴を拾うと、彼女の手を取り、黙って車へ向かった。

9

ニコスは有名な海豚《いるか》の壁画を眺めながら、いったいなにをしているのかと自問した。ついに頭がおかしくなったか？

緊急の仕事が山のようにあり、重役たちからはせっつかれている。なのにニコスは仕事を休み、新妻をクノッソス宮殿に連れてきた。今回のことだけなら、なんとか言い訳が立つ。新婚なのだから、妻を喜ばせるために多少の時間を割くのもしかたないと。ところが、この一週間のニコスの行動は不可解に満ち満ちていた。くる日もくる日も仕事に集中できず、早く帰宅したくなる。目的は、ただ一つ。新妻をベッドへ誘い、それがなんであれ、自分が彼女のとりこになっている理由を突きとめることだ。だが今のところ、目的は達成されていない。一週間前、チャリティ舞踏会の帰りに自分がしたことを考えればよくわかる。ニコスは小さく毒づき、うなじをさすった。あのときはどうしても彼女が欲しくて、帰宅するまで待てなかった。彼女がディミトリをほめたのにいらだち、浅はかにもビーチへ行った。彼女の頭の中からほかの男を追い払いたいがために。

ニコスは笑った。なにも自虐的に考える必要はない。二人の関係は刺激にあふれていた。好みの女ではないが、彼女には不思議な魅力がある。

「すばらしいわね？　中庭が全体の中心で、そのまわりに四つの棟があるのよ」

ニコスの横で階段を上がっていくアンジーの瞳はきらめいていた。炎のような赤毛はつば広の帽子の下でまとめられ、服装はいつものようにシンプルなブラウスとパンツだ。その姿にニコスは苦笑した。彼が知っている女性といえば、高級ブティックで彼のクレジットカードを使うことにしか興味がなく、しかも着替えに一時間以上かける。

「ニコス？」アンジーは首をかしげ、笑顔で彼を見あげた。輝く青い瞳。「すばらしいと思わない？」

彼はアンジーをすばらしいと思った。彼女は過去のどの女性とも違う。ニコスは彼女への自分の反応にますますとまどい、いらだった。これまで女性とはいたって単純な関係を結んできた。自分がルールを決め、女性たちはそれに従うのだ。「君はぜんぜんふつうと違うな」

アンジーの笑顔が陰った。「どういう意味？」

「高級ブティックの服をそっくり買ったのに、君は毎日似たような服しか選ばない。ブラウスにパンツだ」

アンジーは赤面し、不安げに自分の服を見おろした。「すてきな服ばかりだと思っているわ。本当にありがとう。ただ、私にはセンスがないから」

「なぜ?」ニコスはアンジーの顎に手を添え、顔を上げさせた。「なぜ自分の外見に自信を持たない?」

「あら……」考えたこともなかったと言いたげに眉間《みけん》にしわが寄る。「自分が美人じゃないのを知っているからよ。服のセンスも悪いし。母は私の格好を見て、年じゅう顔をしかめていたわ。なにを着たってあきれ顔で、そんなんじゃだめよって……」

「家庭を見ると、その人間がわかることが多いな」

「あなたのところも? 家族について話してくれたことはないわね」

ニコスは手を離し、じっとアンジーを見つめた。人に語ったことがない内輪話を危うく始めるところだった。いったいどうしたんだ? 家族についてはだれにも話すつもりはない。ましてやティファニー・リトルウッドの姉には。「とくに話すことなどないからだ。だが、服のセンスに自信がないなら、スタイリストにアドバイスを頼んでもいい」

アンジーは目をまるくした。「私のために?」

「そうだよ」ニコスはそっけなく肩をすくめた。「パンツ姿以外の君を見たいしね。アテネに知り合いがいるから、半日くらい君と過ごしてもらうことにしよう」

「ありがとう」アンジーははにかんだ笑みを浮かべた。「テーマに関する情報が多ければ、私でもなんとかなるかもしれないわ」

テーマと情報。おしゃれを研究対象として考えるのはアンジーくらいのものだ。

自分の興味の対象を知ってもらいたいのか、アンジーはいきなりニコスの手をつかむと、陳列棚まで引っぱっていった。

彼女の熱意は伝染する。ニコスはそう考えて一歩下がった。彼がここに来たのは、ディミトリとは来させたくない、ただそのためだけだった。

「このあたりは震域だから、ここも何度か地震で破壊されたのよ」こんな退屈な話が、なぜ僕の神経を刺激する？「再建されたら……」アンジーはまたニコスの手をつかみ、別の陳列棚へ向かった。「ねえ、見て。迷宮ラビュリントスから怪物神話が生まれたことがわかるでしょ」

アンジーは生き生きとしている。ニコスは再び、なんてきれいな瞳なのかと思った。神話や考古学の話をしている彼女は別人のようだ。自信にあふれ、活気に満ちている。

「ミノタウロスを信じていないのか？」

「牛頭人身の怪物のこと？　実在したとは思わないけど、お話はすばらしいわ。小さいころ、夢中になって読んだの」

アンジーは僕の腕に手をかけているのに気づいていないらしい。ニコスは顔をしかめた。

「部屋にこもって読書している姿が想像できるよ」

アンジーは頬を赤らめ、彼の腕から手を離した。「当たっているわ。たいてい自分の部屋か学校の図書室にいたもの。人づき合いが得意じゃなくて、一人でいるほうがよかったの」

ところが、母親と妹は派手好きだ。なにかがニコスの頭に引っかかった。彼女は明らかに妹とは違うが、それでもかたくなに妹の行動をかばっていた。

「そろそろ帰ろう」ニコスは時計を見て、ぶっきらぼうに言った。「今夜も夕食会がある」

「あら」

アンジーの顔が輝くのを見て、ニコスはむっとした。「ディミトリとの再会を期待しているんなら、残念ながら、今夜は来ないよ」

「あなたの友人や仲間と知り合えるのはうれしいわ」アンジーは身をかがめて、ある石をしげしげと見た。「このパターンがわかる?」

「君は人づき合いが苦手だと思ったが」

「ふつうはね」彼女は体を起こし、目にかかった髪を払った。「自分が場違いに感じるから。でも、先週のパーティは、まるで大学にいるみたいだった。みんなすてきな人たちだったわ」

過去のガールフレンドは、ああいうパーティを退屈だからといやがったことが思い出された。「今夜は分野が違うよ。銀行家たちだ」

「いいわよ」アンジーはニコスの背後に目を向けている。「ねえ、あれをもっと見てみない？」

外出するのが苦手だった女性にいったいなにが起きたのか。ニコスは不思議に思いながら、彼女に導かれるまま、宮殿の埃《ほこり》まみれの通路を歩きだした。

こんなに楽しい一日はなかったとアンジーは思った。驚いたことに、ニコスはミノアの美術や歴史について造詣《ぞうけい》が深かった。

「クノッソスに詳しいのね」

「僕はギリシア人だよ」

「それが理由なの？」車で屋敷に帰る途中、アンジーはニコスの横顔を見やった。こんなに知的な人が、ティファニーのどこに惹《ひ》かれたのだろう？　妹は着飾ることにしか興味がなかった。とはいえ、確かに美人だったし、母によれば、ニコスのような男性が気にするのはそれだけらしい。

彼にとって、女性は娯楽以上の何物でもなく、飽きれば次に乗り換える。だったら、束縛を嫌うことで有名な男性が、どうしてティファニーに求婚したのだろう？　なぜブランディジ・ダイヤモンドを贈ったりしたのか？　どうも理屈に合わない。

「ずいぶんじろじろ見るんだな」

ニコスの指摘に、アンジーは赤面した。「妹を愛していた？　それとも体の関係だけ？」

思わず口をついて出た質問に、彼の表情がこわばった。

「君の妹の話はしたくない。前に言ったはずだが」

「私はあなたを理解したくて……」

「遠慮しておくよ。僕はパートナーに理解してもらおうとは思っていない」屋敷に近づいたので、ニコスは車の速度を落とし、巨大な鉄のゲートが開くのを待った。

「でも、結婚したのよ。一緒に過ごす時間は長いわ」スポーツカーはなめらかに私道を走りだし、背後でゲートが閉まった。

「結婚したのは、君が要求したからだ」ニコスは冷たい声で言い放ち、車をとめた。「一緒にいるのも、君が僕の生活から巧妙にほかの女性を排除したからだ」

アンジーはたじろぎ、唇を噛《か》んだ。今日は楽しかったと思っていた。ニコスも楽しんでくれていたと。しかし、彼には忍耐でしかなかったらしい。彼女はひどくみじめだった。なぜ？　目的を達したのに、なぜみじめになるの？　彼を罰しようと考え、そのとおりになったのよ。さっきまでの打ちとけた雰囲気が消えたからといって、なぜがっかりするの？

「今夜は夕食会だ」屋敷の玄関へ向かいながら、ニコスが繰り返した。「一時間後に出発する」

アンジーは逆らう気も質問する気もなかった。そのかわり、急いでシャワーを浴び、夕食会にぴったりだと思えるドレスを選んで着替えた。

「夕食会のドレスを半日かけて選ばない女性は気持ちがいい。それだけは言っておくよ」

ニコスが息をのむほどすばらしいディナージャケット姿で現れた。髪はシャワーのあとでまだ乾ききっていない。「そのドレスはよく似合ってる。ハイヒールもいい。君は脚がきれいだよ。今後、パンツは禁止だ」

アンジーは気恥ずかしくなった。濃紺のシルクのストラップドレスは膝丈で、ぴったりと体の線に沿っている。自分でも美しく、女らしくなったように感じた。「すてきなドレスね」小さくつぶやき、鏡に映る姿を見る。「おしゃれをするのが楽しくなったわ」思わず口にした言葉に自分でも驚いたが、それが正直な感想だった。今夜はふさわしい格好をしないといけないと初めて思ったのだ。

なぜ？　なぜ急に外見を大切にするようになったの？　アンジーはまだ鏡の中の女性を見つめていた。自分だとは思えない。瞳と肌は健康的に輝き、薄化粧のおかげで唇はふっくらとして、目は大きく見える。

ニコスが彼女のうしろに立った。鏡の中で二人の目が合う。「君の母親はひどいよ」彼はざらついた声で言った。「君はとてもセクシーだ」

思いがけないほめ言葉に、アンジーは目をまるくした。「そんなこと……ないわ。小さいころから比べられて……」そこで口をつぐむ。妹の話を持ち出して、この場をだいなしにしたくはなかった。

「ティファニーと?」

「あの子を知っているでしょ。とってもきれいだった。男性は振りまわされてしまうの」

ニコスの口元がこわばった。「よくわかるよ」

「だって、あなたは……」彼と妹のことは考えたくない。アンジーは視線をそらした。

「ティファニーに抵抗できる男の人なんていないわ」

「君はどうして外見にかまわないんだ?」

「たぶん張り合うのがいやだったからでしょうね」アンジーは静かに答えた。「妹は小さいころからかわいかったの。赤ん坊のあの子を見せてあげたかったわ。完璧《かんぺき》なんだもの。妹は頭がよかったのを知ってた?」目が潤むのを感じ、まばたきする。「もっと勉強してほしかったけど、あの子は時間のむだだと考えたの。恋をして結婚するのが夢だったのよ」

「できれば金持ちの男とね」

「当然でしょ?」アンジーは突っかかった。妹をかばいたかったのだ。「言うのは勝手だけど、あなたは私たちのことをなにも知らないのよ。妹がどんなに悩んだか、想像できる? 父は次から次へと女を作って、破産するまで貢いだのよ。そしてある日、心臓発作で死んでしまった。私たちの住まいは、寝室が四つある一軒家から、洞窟《どうくつ》より暗くて狭いアパートに替わったわ。妹が夢を見たからって、だれにも責められないわよ」彼女は話しすぎたことを後悔して唇を噛んだ。どうして彼にここまで話したの？

「目的がまともなら、どんな手段を使ってもいいということか？」

ニコスの問いに、アンジーは眉をひそめた。「いいえ、そんなことはないわ、もちろん。ただあなたにも知らないことがあるって言いたかっただけよ」

沈黙が流れた。ニコスの頬がぴくりと引きつった。「知らないことがあるのは君のほうだと思う。さあ、もう出かけないと、時間に遅れる」

アンジーは顔をしかめたまま、彼について車に乗った。知らないことがあるのは私のほうだとは、どういう意味だろう？　私は彼よりもティファニーのことを知っている。ちょっと目に余るところはあったけれど、それでも妹を理解していた。

車中、アンジーは一言も口をきかなかった。ニコスにききたいことはあったが、我慢した。二人の間の空気はすでに危険をはらんでいる。妹のことを持ち出したら、口論になるのは間違いない。

「ここはどこ？」

「博物館だ」ニコスは彼女の手首をつかんで車から降ろした。「ほほえんでくれ。カメラマンがいる」

彼が言いおえないうちに、まぶしいフラッシュがたかれ、アンジーはすくみあがった。

「笑うんだ」ニコスは彼女を引きずるようにして階段を上がっていった。「彼らは中には入れない」

「どこへ行くの?」

「資金集めの内覧会だ。クレタの遺物だよ」彼は博物館のオーナーのように堂々と中へ入っていった。「君の得意分野だ」

「ほかにだれもいないじゃない?」

「とっくに集まっているんだよ」ニコスはあくびをし、腕時計を見た。「僕らはとんでもない遅刻だ」

「え?」アンジーはぎょっとして、連れていかれるままになった。広い部屋に到着すると、ぎっしりつめこまれた人々が一瞬にして静まり返り、二人に視線を向けた。「どうしましよう……」

「にっこりするんだ」ニコスはさりげなくアンジーを抱き寄せると、突然長いキスをした。周囲の視線も忘れ、アンジーはうっとりと目を閉じた。そして、ニコスの唇が離れてからようやく自分がどこにいるかを思い出した。頭が混乱して、彼女はニコスを見あげた。

「どうしてこんなことを?」

「新婚だってことを見せつけたくてね。ベッドでぐずぐずしていたから遅刻したんだと納得してくれるだろう」

アンジーはバッグを握り締めた。「そんなふうに思われたくないわ。本当じゃないんだもの」

「君が妹の話を持ち出さなければ本当だったかもしれない」

「妹の話はよしましょう」

「ありがたいね」ニコスは悠然とした態度でアンジーをテーブルへ導き、ほかの客に紹介した。

アンジーは覚える間もなく次々と名前を教えられてから、ワインを飲んで勇気をふるい起こした。ここでもまた彼女は好奇の的だった。

男性たちは金融市場について語り、アンジーは徐々に会話からはずされていった。ギリシア語が彼女にはわからないと思っているらしく、意見を求められることもない。女性たちはつまらないニュースを交換し、どこのパーティに行っただの、どんなドレスを買っただのと話している。アンジーは会話に加われず、黙って座っていた。

「今夜は静かだな」隣でニコスがグラスを口に運びながら言った。「ディミトリが恋しいか?」

いやみな言葉にアンジーはむっとした。「彼は楽しかったし、親切だったわ」

「親切?」彼は眉をひそめた。「どんなふうに?」

「話しかけてくれたもの。私も会話に加われるって思わせてくれたわ」

ニコスはじっとアンジーを見つめた。「ここの連中はそうしてくれないというのか？」

「文句を言っているわけじゃないわ」アンジーは困ったようにほほえんだ。「みなさん、あなたの仕事と深い関係があるんでしょ。あなたの話を一生懸命聞いているもの」

彼は愉快そうな顔をした。「そう見えるかい？」

「あなたがとんでもなく賢いからか、あるいはあなたからなにかを得たいからか」彼女は軽い口調で言って、グラスを手に取った。「私は後者に賭《か》けるけど」

「君には金がないだろう」ニコスは彼女の目をのぞきこむように顔を近づけた。「それでも賭けるなら、金のかわりになにをもらうか考えてもいい」

アンジーはどぎまぎした。「なぜあなたが私と結婚したか、みんな不思議がっているでしょうね」

ニコスの顔にゆっくりとセクシーな笑みが浮かんだ。「それは違うよ。君を見れば、僕が結婚した理由がすぐわかる。今夜の君はすばらしくきれいだ」

アンジーの心臓は早鐘を打ちだした。でも、いちいち反応してその気になってはいけない。話題を変えよう。「彼らはあなたになにを求めるの？　お金？」

「金ならだれでも欲しいんじゃないか？」ニコスはあくびを噛み殺し、ナプキンをテーブルに置いた。

「うんざりしない、お金のために媚《こ》びられて？　恐れずに本音で語ってくれる人が欲しくない？」

「君のようにってことかい？」ニコスはだしぬけに立ちあがった。「ちょっと展示物を見てこよう」

「平気なの？」

「もちろん。内覧会なんだから。君も見たいだろう。貴重な陶器もある。君の専門だ」

アンジーは宴会場を出ながらニコスの顔をうかがったが、いつものこばかにしたようなところはなかった。彼は博物館を案内し、またもや造詣の深さを披露した。

「ディミトリの言うとおりね、あなたは考古学に詳しいわ。大学で勉強したの？」

ニコスは小さく笑った。「大学で学んだのは法律と経営学だ。考古学よりもうかるよ」

「そのあと、お父様の会社に入ったの？」

ニコスは体をこわばらせた。「自分で事業を始めたんだ」

「あら……」

「父には父の興味があるからね」

アンジーは彼の硬い表情を見て、もっとなにかあるのだろうと察した。「お父様はあなたの成功を誇りに思っていらっしゃるでしょうね」

ニコスは、まさかというようにあからさまに顔をしかめた。「そういう話をするつもりはない」

家族の話はしたくないのだとわかり、アンジーは壺《つぼ》を指さした。「あれ、すばらしいわね」

「ワインを薄めるのに使う壺だ。古代ギリシア人はワインをストレートでは飲まなかった。ミノア期に生まれなくて幸せだったと思わないか？」

アンジーはにっこりした。「ミノア期だったら、私はテーブルで召使いのようにあなたを待っていたでしょうね。男女は平等じゃなかったから」

「海岸から貴重なものがいくつも発掘されたんだ」

ニコスは数年前の発掘のようすを語り、彼女は真剣に耳を傾けて、ときおり質問した。気がつくと、すでに二時間が過ぎていた。

「大変！」アンジーは口に手を当てた。「みんな心配してるわ。戻らなきゃ」

「もし戻らなかったら？」

アンジーはぎょっとした。「あの人たちはあなたに仕事の話があったんでしょ？」

「合弁事業だよ。島の南部に新しいホテルを建設する計画だ」ニコスは片方の眉をぴくりと上げた。「手を組むべきか否か？」

「私にビジネスはわからないわ」

「だが、君はのみこみが早い。それは実証ずみだ」

唇を見つめられ、アンジーはたちまち息苦しくなった。「あなたに提言できるほどの資質はないわ」

「僕が教えるよ」

これまでたくさんのことを教えてくれたように？　「ニコス……」

「さあ、屋敷へ帰ろう」ニコスはアンジーの手を取ると、天井の高い広い展示室の出口へ向かった。

二週間後、アンジーはベッドでまどろんでいた。今一人きりなのは、ぼんやりとわかる。ニコスはほとんど一晩じゅう彼女を愛した。気が遠くなるようなすばらしい一夜だった。しかし、彼はアテネで仕事があり、朝早く出かけなくてはならなかった。もしそれさえなければ、今この瞬間も愛し合えるのに……。そんなことを考えた自分にとまどい、彼女は起きあがって頭を振った。いったいどうしたのだろう？　男性にもセックスにもまったく興味のなかった女に、なにが起こったの？

いいえ、私はもう自分をそんな女だとは考えない。自分はきれいだと思える瞬間さえあるくらいだ。ニコスがアテネから呼んだスタイリストのおかげで、おしゃれをする楽しみがわかってきた。

そして、ニコスとベッドにいると、自分はきれいだと感じることができる。しかも、彼は古代の遺物に対する私の興味を退屈と思うどころか、私が喜びそうなものをわざわざ見に連れていってくれたりするのだ。

アンジーは混乱して顔をこすった。彼が妹を傷つけたことを日に日に忘れていく。偽りの結婚であることが、日に日にわからなくなっていく。

さらに、ニコスのこともよくわからなくなってきた。意外にも、彼は教養豊かで、鋭い頭脳の持ち主だった。そんな彼が、なぜティファニーに興味を持ったかが理解できない。ただし、彼はセックスが好きだ。アンジーは豪華な浴室へ向かいながら考えた。おそらくそれが妹との共通点だったのだろう。母もそう言っていた。男は会話になんか興味はない、ベッドで楽しめればいいのだと。でも、彼はそれだけの男性ではない。

香り高い湯につかってリラックスしたアンジーは、体をふいて衣装部屋へ行った。ニコスは早く帰宅するかもしれないから、すてきな服を着なくては。

組み合わせを替えながら、三十分ほどかけてドレスを選び、鏡の中の自分を見る。いったい私になにが起こったのだろう？　緑と青のどちらにするかさえ決められなかった、似合うかどうかもわからなかった私に？　ついこの前までは、ニコスが美しいと思ってくれるか心配でならなかったというのに。

哀れな愚か者だわ。アンジーは自己嫌悪に陥りながらハイヒールをはいた。二週間前はまともに歩けなかったが、ニコスがハイヒールが似合うと言ってくれたので、寝室でこっそり歩く練習をしたのだ。これでようやく平均的な女性になったのかもしれないと思いつつ、目と唇に薄いメイクをほどこした。

　彼を罰するどころか、恋してしまった。

　アンジーは愕然《がくぜん》として鏡を見つめた。とんでもない、と自分に言い聞かせる。ぜったいに恋してなんかいない。たとえ彼が妹とつき合っていなくても、たとえ妹の死にかかわりがなくても、あらゆる意味でニコスは私にはそぐわない。

「起きていたのか」低く太い声が背後から聞こえ、アンジーはどきっとして振り向いた。

　ニコスがそこにいるのがうれしくてたまらなかった。

　だめよ、そんなことでは。彼女は心の中でつぶやいた。ずっとオフィスにいるように望むべきでしょ。

「だって、もうお昼よ」

「まともにやすめなかっただろう？」彼はアンジーのそばに来て唇を重ねた。「ランチを食べに行こう」

「外へ行くってこと？」彼女はくらくらしながらニコスを見あげた。

「部屋にいたら、また君をベッドに誘ってしまう」ニコスはアンジーの手を取ってドアへ向かった。「それに、本当のクレタを君に見せたいんだ」

　ベッドに誘ってもらうほうがいいと言いたい自分にショックを覚えながら、アンジーは彼について階段を下り、黒いフェラーリに乗りこんだ。「これまで見たクレタは本当のクレタじゃなかったの？」

「古いクレタを見ただけだ。今のクレタも知ってもらいたいんだよ」

内陸を走り、やがてオリーブの木立の中にひっそりと立つ小さなレストランに着いた。山と海の眺めが実にすばらしい。ニコスはオーナーと知り合いらしく、ギリシア語でなにやら話してから、アンジーを木陰のテラス席に連れていった。そよ風が心地よい。アンジーは料理とワインを注文する彼を見て、いつもよりリラックスしているようだと思った。

「ここはどういうお店？」

たくさんの不動産と自家用機を所有し、仕事で世界を飛びまわる男性が、地元の人が訪れる小さなレストランを選んだのだ。

「ヤニスの料理はクレタで一番なんだ」ニコスはアンジーのグラスにワインをついだ。

「ここのラムを知ったら、よそではもう食べられない」

思いがけない彼の笑顔に、アンジーは胸がきゅんとなった。「ずいぶん早く帰ってこられたのね。午前中の仕事は無事終わったの？」

「この上なく退屈だったよ」何皿もの料理が運ばれ、テーブルに並べられた。「来週はアテネで、ディミトリが話していたプロジェクトの会議がある。君も同行してほしい。さあ、食べよう。これはドルマデスというんだ。葡萄《ぶどう》の葉で包んである。うまいぞ」

アンジーはニコスを見つめた。「私も行くの？」

「そうだ」ニコスは肩をすくめ、ドルマデスを口に運んだ。「君なら彼らの話を理解できる。考古学のこむずかしい用語も理解できる。僕の金は有効に使ってもらわないとね」

喜びがこみあげてきたものの、彼の意外な誘いにとまどい、アンジーはフォークを置いた。二人はそんな関係ではないはずだ。

「どうして食べないんだ？　葡萄の葉は嫌いか？」

「好きよ」彼女は料理を見おろした。「ただ……」

「ただ？」

「ううん、なんでもないの」アンジーはほほえみ、再びフォークを取った。二人の関係を話題にして、すてきなランチをだいなしにはしたくない。「ヤニスとはどんなふうに知り合ったの？」

二人は飲み、食べ、語り合った。午後も遅い時間になって、ようやくニコスは立ちあがった。厨房《ちゅうぼう》で支払いをすませ、ヤニスに別れを告げる。

年配のオーナーはニコスと一緒に厨房から出てくると、アンジーをやさしく抱擁した。

「ニコスにはよく言ってたんだよ、いつかきっと才色兼備の女性が見つかるってね。あなたがそうだ」ヤニスは彼女の両頬にキスをした。「また来てください」

屋敷までは快適なドライブだった。だが、そこでニコスが悪態をついた。屋敷の正面に黒いリムジンがとまっていたのだ。「お客が来たらしい」

ステアリングを握る彼の手の関節が白くなった。招かれざる客なのは間違いない。「どうしたの？　どういうお客様？」

ニコスはエンジンを切った。そのハンサムな顔からいっさいの表情が消えている。「母だよ」

アンジーは、ニコスが車をUターンさせて屋敷から逃げ出すのではないかとさえ思った。しかし、彼が動くより先に玄関のドアが開いて、背の高い上品な女性が出てきた。

突然のことにアンジーは緊張した。これまでなぜか、ニコスの家族に会うことは一度も考えなかった。家族はこの結婚をどう思っているのだろう？　私を見てどう思うだろう？

「ニコラウス！」女性は小走りに寄ってきた。しかし、途中で、長い黒髪をなびかせながら走ってきた若い娘に追い越された。

「ニック！」娘が車から降りかけたニコスに抱きついた。「びっくりさせようと思ったの」

「見事成功したよ」ニコスは彼女の頭を撫《な》でた。話し方はぶっきらぼうだが、まなざしは温かい。

「あなたに会いたくてしかたなかったのよ」追いついた母親が言い添えた。

ニコスは母親に軽く腕をまわした。「中に入ろう」

「ニック、失礼はだめよ！」娘が目を輝かせてアンジーの方を振り向いた。「ニックの妹、アリアドネです。ききたいことがいっぱい――」

ニコスの顔が険しくなった。「アリアドネ――」

「ほんと、お兄様ったら、なにをするかわからないんだから！」アリアドネは長い髪を揺らしてニコスの方を向いた。「ぜったい結婚しないと思ってたわ。私の友達はみんなひそかに夢見てたのに、ある日突然、イギリスで結婚したっていうじゃない！　なんてロマンティック！」

そうでもないわ。アンジーは胸が痛んだ。兄夫婦の実態を知ったら、十代の娘はどう思うだろう？　ニコスと母親がちらりと目を合わせる。母親のほうはどの程度まで知っているのだろう？　見せかけの結婚だとわかっているのだろうか？

ニコスは正式に母親をアンジーに紹介し、四人はプールとビーチを見おろすテラスへ向かった。メイドが冷たい飲み物を運んでくる。

三十分ほど礼儀正しい会話を交わしたところで、アリアドネがＴシャツとジーンズを脱いで水着姿になり、プールへ向かった。ニコスがあとからついていき、アンジーは彼の母親と二人きりになった。

「突然の結婚で、さぞかし驚かれたでしょうね、ミセス・キリアクー」アンジーは消え入りそうな声で言った。すると、母親が片手で彼女の口を軽くふさいだ。

「エレニと呼んでちょうだい」母親の声はやさしかった。「それに、どうか緊張しないで。ニコスのことだから、この女性だと決めたら、すぐ結婚するだろうと思っていたわ。あの子はそういう子なの。自分の気持ちをよくわかってる。いつだってそう」

「いえ……」

「すべてが順調で、ほっとしているわ」エレニはプールに目をやり、ニコスがアリアドネをプールに突き落とすのを見てほほえんだ。「一時期は、ニコスのことがとても心配だったの。家族のためにずいぶん犠牲になって」

アンジーは母親を見つめた。犠牲という言葉はニコスに似合わないように思えた。「彼がですか？」

エレニは身を震わせ、グラスに手を伸ばした。「考えるだけでもつらいわ。あの娘は……」飲み物に口をつける。「とても美しくて、とても若くて」

灼熱《しゃくねつ》の太陽の下で、アンジーは寒さに凍りついた。エレニの言う娘がだれか、ぴんときたのだ。その先は話さないでほしい。問題の娘は私の妹だと言いたいが、口が動きそうもなかった。

「彼女を拒否できる男性はめったにいないでしょうね」母親は疲れた顔で悲しげにつぶやいた。「だれも責める気はないの。ただニコスのことだけが心配で」

「ニコスは立派な大人です」アンジーはなんとか口を開いた。「恋をしてもしかたないのでは？」

エレニは申し訳なさそうにアンジーの手に自分の手を重ねた。「怒らないで。そうじゃないの。彼女に恋をしたのはニコスじゃなくて……アリストートル、私の夫なのよ」

「あなたの夫？」声がうわずった。アンジーはその意味を考えようとした。

「私の夫は、女性のこととなると見境がなくて。結婚してからも何度か……」エレニは言葉を切って、力なく笑った。きっとつらい話題なのだ。「詳しいことはいいわね。でも結局、夫はいつも私のところに戻ってくるの。ところが、あのときは違った。彼女はほかの女性と違っていたのよ。冷酷で、計算高くて。自分の目的をよくわかっていたわ。そう、結婚することよ。どんな手段を使ってでもね」

アンジーは凍りついた。息をするのが苦しい。「結婚って……あなたの夫と？」

「もちろん、アリストートルがばかなのよ。彼女がどんな娘なのか、知ろうともしなかった。彼女は狡猾《こうかつ》で貪欲《どんよく》で……。私は恐ろしかったわ。もしニコスがいてくれなかったら……」目がうつろになり、エレニはワインを一口飲んだ。「あの子にはほとんどなにも話してなかったの。心配させたくなかったから。でも、ダイヤが消えて、深刻な事態だと気づいたのよ」

「彼女が盗んだんですか？」

エレニは首を振った。「ダイヤがなくなったとき、アリストートルが彼女に贈ったんだと思ったわ。家族にとっては大切なものだから、夫が愛人に贈ったとなったら……」

「真剣なつき合いだと？」

「ええ」エレニは疲れた笑みを浮かべた。「でも、私の思い違いだったのよ。ダイヤはずっとニコスの手元にあったの。アリストートルがニコスに手入れをするように頼んだんだけど、忙しいあの子は金庫に入れっぱなしで忘れていたんですって！」

アンジーは罪の意識にさいなまれた。ここに座って、自分とアリストートルの愛人との関係を隠したまま話を聞いているのだ。本当はだれがダイヤを持っていたか、それを知っていながら黙っている。なぜニコスがあれほどあせって取り戻そうとしたかが、これでわかった。「それでは、彼女とは真剣なつき合いではなかったんですね？」

エレニは目をそむけた。「ダイヤを贈らなかったのは、私にはとても大きなことだった。夫は本気かもしれないと、はらはらしていたから。そこでニコスが彼女のやり方を逆手にとったのよ。彼女に惹かれたふりをして、父親から引き離そうとしたの。そして結局、ニコスの思ったとおりになった。彼女はアリストートルじゃなくて、財産を狙《ねら》っていたのね。嬉々《きき》としてニコスに乗り換えたそうよ。夫になんの未練もなかったと聞いて、少し気が晴れたわ」

アンジーは心に引っかかっていることを尋ねた。「彼女はそんなに狡猾だったんですか？」

「ええ、そうよ。そして、あのひどい事故にあった。ニコスから聞いているかしら。息子は思い出すのもいやみたいだけど。自分はその場にいなかったのに、とても責任を感じて」

アンジーは頭がくらくらして、椅子の縁を握り締めた。「それはどういう意味ですか？」

「彼女が亡くなる前の日、ニコスは別れ話を持ちかけたの。彼女はひどくうろたえて、怒ったらしいわ。翌日ニコスの家に乗りこんできたんだけれど、あの子はオフィスで会議をしていた。使用人が言うには、彼女は酔ってニコスを呼び出し、あの子が帰宅したときにはもう亡くなって、警察が来ていたんですって」

「バルコニーから落ちたんですよね」

エレニは目を閉じた。「ニコスが責任を問われなくてよかったわ。家にいなかったんですものね。それでもあの子はスキャンダルを嫌って、いつものようにアリアドネと私を必死に守ろうとしてくれた。自分が矢面に立って、アリストートルの名前はいっさい表に出さなかったの。おおごとにならなかったのは、すべてニコスのおかげよ」

「そうですね」アンジーは唇をこわばらせてニコスを見やった。彼は今、アリアドネを抱きあげ、くるくるまわしている。

「だから私はどうしても、ニコスにはやさしい女性と出会ってもらいたかったの。あの子はなかなか女性を信じないのよ。浮気性の父親を見て育ったせいだと思うわ。それに、あの彼女が死んで……」

アンジーはまだ動けずにいた。ニコスはティファニーをもてあそんだわけではなかった。

そうではなく、自分の母と妹を守ろうとしたのだ、ティファニーから。

　吐き気がこみあげてきた。

「大丈夫？」エレニが心配そうにアンジーの目をのぞきこんだ。「顔色が悪いわ」

「少し頭痛がして」アンジーは朦朧《もうろう》としながら、だしぬけに立ちあがった。「申し訳ありません、ちょっと横になりたいので」

「もちろんよ。日に当たったせいかもしれないわ。肌が白いから、気をつけないと」エレニは腕を伸ばしてアンジーの手を握った。「話しすぎてしまったわ。どうか、あまり気にしないでね」

「大丈夫です」アンジーは安心させようと、無理にほほえんでみせた。「心配なさらないでください」

　アンジーは屋敷の中に入ると、浴室へ行って吐いた。

「どうした？　具合が悪いのか？」背後で男性の声がした。アンジーはうめき声をあげて床に座りこみ、自分の体に腕をまわした。

「ごめんなさい、ニコス……一人にして」

「医者を呼ぼうか」

「いいえ、大丈夫」

「大丈夫だったら、追われるようにテラスから逃げ出したりしないし、吐いたりもしない」ニコスは厳しい声で言うと、彼女を抱きあげて、隅の椅子にそっと座らせた。そして、タオルを水で濡《ぬ》らし、彼女の口と顔をやさしくふいた。「ベッドで横になるんだ。医者を呼ぶから。熱はあるかい？　外にいたのに帽子もかぶらなかったのか？」

アンジーはかぶりを振った。ニコスのやさしさがたまらなくつらかった。自分が大きな過ちを犯したからだ。罰を与えるために無理に結婚させたのに、彼は罰を受けるようなことはなに一つしていなかった。たった今、それを知ったのだ。

ニコスが私に怒りを覚えるのは当然だ。

彼がティファニーを軽蔑《けいべつ》するのも当然だ。

ニコスは再びアンジーを抱きあげて浴室を出ると、静かにベッドに横たえた。それから電話を取りあげ、大声でなにやら命じた。すぐにノックの音がして、使用人が二人、氷入りの水と紅茶とさまざまな食べ物がのったトレイを持ってきた。

「まともに食べていないんだろう」ニコスはぶっきらぼうに言い、紅茶をついだ。「このペストリーを食べてごらん。うまいから」

「ごめんなさい、なにも食べられないわ」今のアンジーは一生なにも食べられない気分だった。胃がきりきりし、頭はずきずきする。

ニコスはいらだったように手を振って使用人を下がらせ、ベッドの縁に腰を下ろした。その表情は険しい。「どこが悪いか、言うんだ」

アンジーは逆らえなかった。「あなたのお母様が……」

「母のせいで具合が悪くなったのか?」

ニコスが顔をしかめるのを見て、アンジーはあわてて首を横に振った。「違うわ。いいえ、きっかけはそうかもしれない。でも、お母様のせいじゃないわ」みるみる目に涙がたまったが、顔を上げ、彼を見る勇気を振りしぼった。「お母様が話してくれたのよ、ニコス。なにもかも話してくれたの」

10

ニコスは長い間アンジーを見つめていた。たくましい体はぴくりとも動かない。「なにもかもとは、どういう意味だ？」

アンジーは息を吸いこんだ。「あなたのお父様がティファニーと浮気をしたこと」口にするのもつらかった。「私、ぜんぜん知らなくて」

「だれも知らないよ。僕がそうしたからだ。父は家族を悲しませつづけた。母とアリアドネはもう十分に苦しんでいたんだよ」

「どうして話してくれなかったの？」

ニコスは肩をすくめた。冷たい表情だった。「真実を知ったら、君はマスコミに暴露すると思ったんだ。母は以前、新聞で父の不倫を知って自殺をはかったことがある。妹が……まだ十四歳の妹が、床に倒れている母を見つけたんだ。そばにはからっぽの薬瓶と、父の浮気を報じた新聞があった。相手の女が金欲しさに詳細にわたる話を新聞社に売ったのさ。大半が作り話だった」

その場面がありありと想像でき、アンジーは目を閉じた。だからニコスはマスコミを嫌悪するのだ。自分のイメージを守りたいからではなく。「自殺未遂まで……」

「ああ。母は父にずいぶんつらい思いをさせられたが、公に辱められるのは荷が重すぎた。今なら君もわかってくれるだろう。僕がなぜできるだけ穏便に、すみやかにダイヤを取り戻そうとしたか」

今ならわかる、とアンジーは思った。そして、自分がどんなにひどい人間かも。「どう見えたか知らないけど、私は新聞社に駆けこんだりしないわ」

「そうかな?」ニコスは眉を上げた。「初めて会ったとき、君は僕のことを新聞で読んだと言った。明らかに、マスコミがいかに有害かを知らなかったんだ。そして僕を憎んでいた。僕に結婚を強いるくらいに。そういう女性なら、マスコミに暴露しないとも限らないだろう?」

「ティファニーのことをちゃんと話してくれていたら……」

「君は信じなかったよ。僕のことを、妹を死に追いやった女たらしだと決めこんでいた。まあ、ある意味ではそのとおりだが」ニコスは立ちあがって窓辺へ行き、アンジーに背を向けた。「僕が彼女を父から引き離そうとしたのは事実だ。彼女がうちのバルコニーから転落したのもね。事実と違うのは、彼女が僕をどう思っていたかに対する君の解釈だ。彼女は僕を愛してなどいなかった。僕たちは一晩一緒に過ごしたこともない」

アンジーはニコスのうしろ姿を見つめた。「どういうこと？　あなたたちは――」

「君の妹と肉体的な関係はなかったということだ。父親の愛人だった女と寝たりなんかするものか」

彼はティファニーとベッドをともにしていない。アンジーはほっとしたが、そんな安堵《あんど》は筋違いだと自分を戒めた。「妹はあなたのお父様を愛していたの？」

「どう思う？」ニコスは振り返った。アンジーは彼の氷のように冷たいまなざしから目をそむけた。

「あなたを愛していなかったのなら、きっと……」

「地位と財産は愛していたと思うけどね」ニコスは吐き捨てるように言った。「だが、正直なところ、君からメールを見せてもらうまで、まさか彼女が本気で結婚を望んでいたとは知らなかった。僕はただ、彼女と父の関係を断ち切りたかっただけだ」

「あの子がそんな道にはずれたことを……」声が震え、アンジーは両手で顔をおおった。

「私のせいだわ」

「どういうことだ？」

「もっとあの子に厳しくすべきだった。生き方を変えるよう、根気よく諭すべきだったのよ。でも、私はあきらめてしまって……」

「君は妹をしつけられなかったと思うけどね」ニコスは冷ややかに言い放つと、テーブルまで行き、水をついだ。「彼女はあの若さで恐ろしく計算高かった。なんでも欲得ずくで、モラルなんかなかった」

アンジーは妹をかばいたくなるのをこらえた。よくわかってもいなかった人間を、どうしたらかばえるの？「あの子はまだ若かったわ。私がもっとかまってやれば、もう少しなんとかなったと思うの」

ニコスは乾いた笑い声をあげた。「僕はだめだったと思うね。君の妹は出世の道を選んだ。別の道に導ける人間なんかいなかっただろう」

「出世の道って？」

「金持ち男との結婚さ」ニコスは水を飲み、グラスをトレイに置いた。「僕の家族にとって不運だったのは、ティファニーが父をターゲットにしたことだ。初めて会ったとき、君は言った。僕は別世界の人間なのだと。確かに彼女と僕らは住む世界が違っていた。捨て身の努力があったからこそ、彼女は父の目にとまったんだ。父とつき合う前、彼女は別の男を狙《ねら》っていた。父よりまともな大金持ちで、君の妹を拒んだ。そこで今度は父の前に身を投げ出したのさ。傷つきやすい無垢《むく》な娘を巧みに演じた。父は抵抗できなかった」

「お願い……」アンジーは耐えられず、両手で耳をふさいだ。「そんなこと、思ってもみなかったわ。どうして話してくれなかったの？　どうして？」

「話したよ。君が耳を貸さなかっただけだ。だが、今日、母が実にうまく話してくれた」

二人の目が合った。そう、彼ははっきり言ったのだ。自分がティファニーの死を招いたわけではない、彼女と結婚する気はなかった、と。アンジーはようやく口を開いた。「あなたの言うように、真実を聞いても信じなかったでしょうね。私は妹を愛していたから、あの子のしでかしたことも知らずに、ただただ悲しんで……」目をつぶり、片手で顔をおおう。「そして怒ってもいた。人の話をまともに聞けないほどに。妹が最後に身につけていた宝石をどうしても手放す気になれなかったの。つらかったのよ」

ニコスはうなずいた。「気持ちはわかるよ。だが、僕も怒っていた。妹をかばってばかりいる君をね。彼女のような人間を認めているんだと思った」

「妹が軽薄で遊び好きなのは知っていたわ。でもまさか、人のものを奪おうとするような子だとは思わなかった。今でも……」アンジーは言葉を切って、乾いた唇を舌で湿した。「あなたのお母様は私のことを知らないわ。夫がティファニーにダイヤを贈ったことを知ったら、傷つくでしょう。そして、私たちが結婚したいきさつを知ったら、心の底から悲しむわ」

「父が君の妹にダイヤを贈ったことは、母にはわからないよ。とにかくこの六カ月は僕の手元にあって、僕は僕の選んだ人と結婚したと思っている」

「でも、それは事実じゃないわ」アンジーの声は苦悩に満ちていた。「私はあなたが選んだ妻じゃないもの。あなたが私のような女を選ばないことは、二人ともわかってる。私たちはうわべを取りつくろっているだけ。しかも、あなたの家族を苦しめたのは見ず知らずの他人じゃなくて、私の妹なのよ。私からお母様に真実を話さなくちゃ。ティファニーのこと、精いっぱいあやまるわ」

でも、自分自身がゆがんだ状況を作り出した一人でもあるのに、はたしてあやまってすむものだろうか？　この私がニコスに愛のない結婚をさせたのだ。

張りつめた沈黙のあと、ニコスがアンジーを見つめて言った。「母の前でこの話題は持ち出さないでくれ。父が君の妹にダイヤを贈ったことがわかってしまうし、母にはもうよけいな苦しみを味わわせたくないんだ」

アンジーは頭をかかえた。「どうして言ってくれなかったの？　なぜ私との結婚を承知したの？　あなたは意に染まないことはぜったいしない人なのに。非情で、頑固で、自分の目的を追求することしか頭にないはずよ。拒んでくれたらよかったのに」

「一刻も早くダイヤを取り返したかったんだ」

「だったら弁護士に――」

「マスコミにかぎつけられる。それはどうしても避けたかった。さあ、こんな会話はむだだ。いくら望んでも、過去はだれにも変えられない」ニコスは腕時計に目をやった。「そろそろ母と妹のところに行かないと。君とティファニーの関係は母には話さないと約束してくれないか。君が彼女の姉であることは、時機を見て僕から話すから。悔やみを言いにロンドンへ行ったときに知り合ったとね。それ自体は嘘《うそ》じゃない」

いったいどうしたらいいの？　アンジーは無言でうなずいた。罪悪感にさいなまれ、まともに頭が働かない。「あなたがそうしたいなら」

「ああ、そうしたい。君は疲れているだろう」ニコスはドアへ向かった。「少しやすむといい。夕食はここへ運ばせよう。母たちには泊まらないようにうまく言うよ」

「待って」アンジーはニコスのために少しでもなにかしたいと思った。ベッドから出て彼を追いかけ、その前にまわる。「間違った結婚は解消しなくちゃ。私、あなたと離婚するわ」

ニコスは彼女を見おろした。引き締まった顎がぴくりと動く。「前にも言ったと思うが、残念ながら僕の弁護士たちは優秀でね。二人で署名した婚前契約書は完璧《かんぺき》だ。君の望みがどうあろうと、二年間は離婚できない。君がそう主張したように。世間は僕らを夫婦だと思っている。そして僕は、家族にまつわるスキャンダルや詮索《せんさく》は二度とごめんなんだ」

ニコスの射るような視線に、アンジーはとまどった。だったら、ほかの女性とつき合ってもいいと言うべきだと思ったが、口にはできなかった。その理由はわかっている。ほかの女性に目を向けてほしくないからだ。彼を罰したいからでなく、彼を愛しているからだ。

私は心からニコスを愛している。

驚くべき事実に気づいて、アンジーはその場に立ちすくんだ。ニコスはけげんそうに彼女を見てから部屋を出ていった。彼の背後でばたんとドアが閉まり、アンジーはうなだれた。

私は妹の真の姿を知らなかった。

そして、自分自身の気持ちも。今の今まで。

アンジーは一人寝室で眠れない夜を過ごした。ニコスはどこで寝ているのだろう？ なにを考えているのだろう？ ティファニーのしたことを思うと、恥ずかしさと罪の意識にさいなまれる。妹とニコスと自分自身への思いこみが残酷なまでに打ち砕かれ、立ち直れる日がくるとは思えなかった。

ニコスにひどい仕打ちをしてしまった。自分の家族がしたことを少しでも償う方法はないものかと、それればかり考えているうち、ふとニコスがベッドわきに立っているのに気づいた。無精髭《ひげ》が生え、目は血走り、まんじりともしていないのは一目でわかる。

「ゆうべのことをあやまりに来た」

アンジーはきょとんとした。「どうしてあなたがあやまるの？」

「すべてを君の妹のせいにしたが、実際は父にも責任がある」ニコスは小さく悪態をつくと、アンジーの方を見ずに部屋を歩きまわった。「父は実にだらしない男で、浮気は君の妹が初めてじゃない」

「それでも、妹がしたことは十分ひどいわ」

「彼女は男たちに言い寄り、拒否された。なにが目的かわかったからさ」ニコスはアンジーの方を向いた。「僕の父にもそれができてよかったはずだ」

「でも、あなたがあやまる必要はないわ。あやまるのは私のほうよ。ティファニーと自分がしたことで」

ニコスはかすかにほほえみ、片手で髪をかきあげた。「人に謝罪するのは初めてだ。決して楽しい経験とは言えないな。お互い、家族も含めたさまざまな過去は忘れて、今から新しくやり直さないか?」

やり直す? 無理やり結婚させた私と、なにをやり直すというの?

アンジーは力なくほほえんだ。「ええ、そうね」

ニコスはなにか言いたげに彼女を見つめてから、小声で悪態をつき、ドアを見やった。「もう行くよ。アテネで会議があって、ヘリコプターが待機しているんだ」

「わかったわ」もっと言いようはないの? これまで二人はなんとかうまくやってきたが、アンジーは今、彼が自分に強要されて結婚したのだという事実に目をつぶることができなかった。「会議がうまくいくといいわね」

ニコスはしばしためらってから、小さくうなずき、出ていった。アンジーは絶望と罪悪感に駆られてまたベッドに横になった。事実は否定しようがない。私はニコスが選んだ妻ではないのだ。

その晩遅くにニコスは帰宅した。二人はプライベートビーチを見おろすテラスで夕食をとった。夜気は暖かく、テーブルに置いたキャンドルの光が二人きりの世界を作り出し、アンジーは胸がせつなくなった。

「ティファニーのことを話してくれ」ニコスが彼女のグラスにワインをつぎ足した。

「あの子の話はいやでしょ」

「いや、聞きたいんだ」ニコスは椅子の背にもたれ、促すように眉を上げた。

アンジーはワイングラスを手で包みこんで、勇気をふるい起こした。「八歳のときにあの子が生まれて、私は夢中になったわ。生きた人形をもらったような気がして。あの子はとってもかわいかったの。それが私のものになったのよ」

「君のもの？」

アンジーはためらった。「母はあまり子供が好きじゃなかったの。できれば欲しくなかったんじゃないかしら。母は……」自分の母親を裏切るような気がして言いよどむ。「ほかのことにとても忙しかったのよ。だから私がティファニーの面倒をみたわ」

「君が？」ニコスは眉根を寄せた。「まだ八歳だった君が？」

「私、ませてたのよ」アンジーは急いで言い訳した。「それに、世話をするのが楽しかったの。ティファニーは本当にかわいらしかったから。夜になると私のベッドに来て、横にまるくなって眠るのよ。目に入れても痛くないと思うほどいとおしかったわ」喉がつまり、ワインをごくりと飲んだ。熱心に耳を傾けるニコスの視線がつらかった。

「実質的に君が育てたということかい?」

アンジーはグラスを置いた。「そうね。あの子が七歳になるまでは。それからあとは母が……。たぶん母は、小さな女の子がいると楽しいってことに気づいたんだと思うの」寂しげな笑みが浮かぶ。「母のそういうところがなんとなくいやだなって、いつも思っていたけど。私は、おしゃれより読書が好きで、おとなしくて、とんでもなく臆病《おくびょう》だったの。そしてティファニーは、まるっきり正反対。好きな色はピンクだし、女の子っぽいものはなんでも好きだった」

ニコスはうかがうようにアンジーの目を見た。「君の母親は急に妹の面倒をみるようになった」

「ええ」

「君は寂しくて、本を相手に過ごす時間がいっそうふえた」やさしい口調だったが、アンジーは思わず彼の顔を見た。

「なんていうか……」二人の視線が合い、アンジーは目を伏せた。ニコスは人の気持ちに鈍感だなんて、どうして思ったのだろう?「ええ、そうよ、私は寂しかった。ティファニーが恋しかった。特別な絆《きずな》があったんだもの」彼女は深呼吸をして、否定しつづけてきたことをようやく認める気になった。「正直に言えば、私はティファニーをいつまでもかわいい赤ちゃんだと思っていたの。もちろん、変わっていくのはわかったわ。あの子はパーティ好きで、おしゃれと男の子にしか興味がなかった。それでも小さいころと同じ、いい子なんだと思おうとしたの。ただ、あの子は父の影響を受けていたのよ。父は何度も浮気をしては、女性に気前よく貢いでいたわ」フォークで料理をつつく。「女性にもてたかったのね。おまけに仕事がうまくいかなくなっていたの」

「そして、母親と妹は気楽な生活を失った」

「ええ」みっともない話を認めるのは胸が痛む。「私はなんとか母を経済的に助けようとしたわ。でも、一番の問題はティファニーだった。父が女性に貢いで破産したことを恨んで、自分も独り立ちして……」アンジーは言葉につまった。恥ずかしさに頬が染まる。

ニコスが冷静に先を続けた。「自分も独り立ちして、男に貢がせてやると決めた」

「あの子一人を責められないわ」アンジーは急いで言った。「母は年じゅうあの子に、おまえは美人だ、お金持ちと結婚できるって言っていたんだもの。だからあの子も夢をふくらませて大きくなったの」フォークを置き、震える手で額を撫《な》でる。「ひどい話ね」

「ティファニーと同じことをする女性はいくらでもいるよ」

アンジーはニコスの目を見た。「だからあなたは結婚しなかったの？」

「僕が結婚しなかったのは、五分以上一緒にいたい女性と出会わなかったからだ」ニコスは苦笑した。「僕は集中できる時間が極端に短いんだよ。それに、君の目にどう映っているかわからないが、僕は父のように女性を苦しませたくはなかった」

「お母様は離婚を考えなかったの？」

「愛しているのさ、父を。愛は人を愚かにさせる」

「そうね」アンジーにはよくわかった。自分自身、愚かなことをしかねないからだ。たとえば、本心をニコスに打ち明けるとか。そのときの彼の反応を想像すると、笑いだしそうになる。私の気持ちを知ったら、ニコスはなんと言うだろう？　きっと、君は妻にするような女ではないと言って、私の心を打ちのめすに違いない。

アンジーはグラスを唇に当てて考えこんだ。彼に告白して、状況を複雑にしてはいけない。

食事を終えた二人は、ゆっくりとコーヒーを飲み、ようやく立ちあがって寝室へ向かった。

「明日の早朝、会議があるんだ」ニコスはそっけなく言ってシャツを脱いだ。「君を起こさないように隣の部屋で寝るから」

それが彼の望みなの？

すべてが変わったと、アンジーはみじめに考えた。二人の間の危うい休戦協定は、私が真実を知ったことで破棄されたのだ。

アンジーはニコスを引きとめたかった。彼がそばにいてくれるなら、一晩じゅう起きていたっていい。しかし、そう言ったところで、彼を不愉快にさせるだけだろう。こんな結婚はしなくてすんだはずだと思い、私を遠ざけたいに違いない。

アンジーは寂しげにうなずいた。「わかったわ。おやすみなさい」

そして、二晩目の眠れない夜を過ごした。

私はニコスが選ぶような女ではない。なのに、彼はそんな女に縛られている。だから私にできるのは、彼を今より楽にしてあげることだ。

アンジーは早朝に目覚めると浴室へ行き、目にかかった髪を払って、鏡の中の姿を見た。そうひどくもないと自分に言い聞かせる。ニコスは私の目が好きだと言ってくれるし、男性がベッドであれほどの情熱を演じられるわけがない。ゆうべの彼はそそくさと寝室を出ていったけれど、だからといって、ベッドに呼び戻せないわけではないはずだ。おそらく彼は自信にあふれた女性が好きだろう。私の気持ち一つで、そんな姿を彼に見てもらえるかもしれないのだ。

そう、今なら見てもらえる。鏡の前で右に左に自分の姿を眺めながら、アンジーは思った。

それに、二人の関係はベッドの楽しみだけではない。ニコスは私の知性を認めて、会議に参加させるとまで言ってくれた。

そこでアンジーはため息をついてうなだれた。髪が顔を隠す。自分を偽ってどうするの？　ニコスのような男性には、女の知性なんかどうでもいいに違いない。会議に役立つ女なんて、本当は求めていないのだ。社内にいくらでもスタッフがいるのだから。彼に必要なのは、もっと違うタイプ――自信に満ちた、美しくセクシーな女性だ。私はそうではない。いくらか改善されたものの、それでもまだまだだ。

アンジーは唇を噛《か》み、バスタブの縁に腰を下ろして考えこんだ。おしゃれや人づき合いは、思っていた以上に楽しいものだとわかった。友人や同僚はびっくりするに違いない。学習が必要なのは、ベッドの中でのことだ。リードするのはいつもニコスと決まっている。私のほうから積極的に、セクシーに誘うのは無理だろうか？　あいにく、男性の誘い方なんて見当もつかない。でも、努力すれば……。

彼女は時計を見た。まだまる一日あるじゃないの。鏡に映るくしゃくしゃの髪を見つめて必死に考える。ニコスが選ぶような女性に変身するためには、一分一秒でも惜しかった。

ニコスは終わった会議のことを考えながら、ヘリコプターから降りた。このところ、ますます集中力がなくなっていくような気がする。

芝生を横切り、屋敷の玄関前の階段を上がったところで、ぴたりと足がとまった。目の前に立つ女性に思わず見とれ、ややあって、ようやくそれがアンジーだとわかった。

「どうしたんだ？」彼女の頬が染まり、ニコスは無神経な言い方を反省した。「もちろん、とてもすてきだという意味だよ。いつもの君らしくはないが」

髪はシルクのカーテンさながら、あらわになった白い肩に垂れ、陽光にきらめいている。優雅なシルクのワンピースは、すらりとした脚を見せつけるように丈が短く、腕もあらわだ。

アンジーははにかんだ笑みを浮かべた。「私みたいじゃないでしょ。でも、こういう一面もあったんだと思うわ。おしゃれが大好きになったの。あなたが買ってくれた服はみんなすてき。私がみっともないと自分が困ると思ってそろえてくれたんでしょうけど、選ぶのが楽しいわ。ありがとう」

無反応ではまずいと思い、ニコスは彼女の胸の谷間から目をそらして言った。「すばらしいよ」

「二階へ行きましょう」アンジーの声はわずかにかすれている。

ニコスはネクタイをゆるめた。「今日はひどく暑いな」

アンジーは笑みを浮かべて手を差し出した。「中は涼しいわ」

ニコスは興奮を覚えながらアンジーについて寝室へ行った。しかし、二人の関係は彼女が心から望んだものではないし、彼女はもうベッドをともにしてくれないだろうと、自分に言い聞かせた。

とはいえ、すばらしい青い瞳に見つめられると、ニコスはたまらなくなった。彼女にキスをしてもいいものだろうか？　彼は生まれて初めて、女性の前でどうしたらいいかわからなくなった。寝室のドアを閉め、はかない希望を抱きつつアンジーを見守る。彼女はニコスのシャツのボタンをはずしはじめた。

「今日はストレスいっぱいの日だった？」

「まあね」

「よかった」アンジーはにっこりして、ニコスのシャツを脱がせていく。指先がゆっくりと熱い肌をかすめた。「だったら、きっとリラックスしたいわね」

ニコスは彼女を見おろした。

「ベッドの喜びを教えてくれたのは、ニコス、あなたよ。もしこんな私がいやだったら、それはあなたが反省しなきゃ」

ニコスは言葉を失った。なにか言わなければとあせっているうちに、アンジーがズボンのファスナーを下ろした。ズボンが床に落ちる。

「アンジェリーナ……」会話をしなくてはいけないと思いながらも、頭が混乱していた。

ニコスは自分を取り戻そうとした。ところが、気がつくと一糸まとわぬ姿にさせられていた。アンジーは彼の前にひざまずいている。

「初めてなのよ」彼女はそうつぶやくと、ニコスの腹部に唇を当てた。「だから、私がいけないことをしたら、すぐに言ってね」

いけないこと？　ニコスがなにか言おうとしたそのとき、アンジーの柔らかな唇が熱い下腹部に触れた。彼は歯をくいしばって目をつぶった。我慢も限界に近づき、深刻なことを考えて理性を取り戻そうとしたが、彼女の指と唇の動きに、体が危険なまでに高まっていく。「アンジェリーナ……」言葉を発するのはもう無理だが、せめて目だけは開けよう。しかし、目を開けたせいで、蠱惑《こわく》的でセクシーな女性が見えた。理性を取り戻すのはもうあきらめるしかない。

アンジーの唇と指がニコスを歓喜へと誘う。「どう？」彼女はいったん口を離して尋ねた。

ニコスの高まりは耐えられないほどだった。「アンジェリーナ、こういうことは……」そのとき、彼の世界が爆発した。あまりの激しさに、周囲が真っ暗になる。余韻はいつまでも続き、その間ずっと、ニコスはアンジーの柔らかい唇を感じていた。

ようやく正気が戻ってきた。気がつくと、ニコスは目をつぶってドアにもたれていた。アンジーは彼の胸に軽くキスをし、手を取ってベッドへと導いた。爆発としか形容しようのない経験から抜けきらないまま、彼はベッドカバーの上に横たわり、目を閉じた。

「今日はどれくらいのストレスだった？」アンジーはニコスにまたがると、両手で彼の胸を撫で、唇を重ねた。シルクのような髪に肌を刺激され、ニコスは彼女の顔から髪を払ってようやく口を開いた。

「さっきのはすばらしかったよ」

「まだ終わってないわ」

アンジーのまなざし、声、肌の感触、そのどれもがニコスには官能的だった。「回復するには時間がかかる」

「ええ。だから横になっているだけでいいわ。私にまかせて」

人生最高の解放感にまだ酔いながら、ニコスは信じられないという目でアンジーを見つめた。「いったいどうしたんだい？」

「あなたがこうさせたのよ。あなたが私をアンジーからアンジェリーナに変えたの。私の知らない私を教えてくれた。私はそれがとっても気に入っているのよ」そう言って、彼女は腰を落とした。

ニコスはうめき、アンジーのなめらかな肌に両手をすべらせた。多少なりとも主導権を取り戻さなければ。「気持ちがいいよ。だけど、少しだけじっとしていてくれ。少しでいいから……」

「それは無理みたい」アンジーはかがみこんで彼の唇を軽く噛んだ。「今朝あなたが出かけてから、ずっとあなたのことばかり考えていたの。長い一日だったわ」

「なにを考えていたか話してくれ」アンジーのベルベットのようなぬくもりに包まれ、ニコスは目を閉じた。なめらかな腰の動きに、我慢の限界が近づいてくる。彼は小さく毒づき、いきなり二人の体を入れ替えて自分が上になった。「もう十分だ」

「十分？」アンジーは目をまるくした。

ニコスは満足げな笑みを浮かべた。「いたぶられるのはもう十分だ。これからは僕の番だよ」彼が力強く動きはじめると、彼女の口からあえぎ声がもれた。

「ああ……ニコス」

「君はすてきだ……」

アンジーの体が小刻みに震え、それがニコスの興奮を呼んだ。彼女があげる歓喜の声を、彼はキスで受けとめた。二人はしっかりと抱き合い、深い喜びの淵《ふち》へと沈んでいった。


これでいいのよ。一週間後、アンジーはパーティに出席する支度をしながら自分に言い聞かせた。ニコスは私を愛していないかもしれないけれど、ベッドでは間違いなく満足しているし、公の場にも堂々と連れていくようになった。この結婚もそれほど捨てたものではない。

ニコスが部屋に入ってくるのを見て、彼女はイヤリングをつける手をとめた。「行かなきゃだめ？」

ニコスはジャケットを取りながら顔をしかめた。「自信を持っていいんだよ。君は知的で、ギリシア語にも堪能《たんのう》だ。どんな場でも臆することはない」

「ありがとう。でも、そういう意味じゃないの」思いがけないほめ言葉に、アンジーは頬を染めた。「一緒に家にいられたらいいなと思っただけ」

「先週ずっと〝一緒に〟いたよ」黒い瞳がからかうように光った。「僕は休憩するために外出したいね」

アンジーはにっこりした。「疲れてる？」

「君は飽くことを知らないんだな。熱狂的なベッド愛好家と結婚したら、こんなふうになるとはね」

アンジーは笑った。「全部あなたに教わったのよ」

「それを忘れないように」ニコスはアンジーを抱きあげ、熱いキスをした。「今夜はディミトリが来る。どうしても彼と口をきかなければならなくなったら、最低二メートルは離れて話すように」

アンジーは考えこんだ。彼が私を愛していないのはわかっている。でも、私がほかの男性と親しくするのをいやがるところをみると、少しくらいは私に気があるのだろうか？

豪華ホテルの宴会場は人でいっぱいだった。その中にニコスの母親がいるのを見て、アンジーは動揺した。

「母はこの慈善団体に資金援助をしているんだ」アンジーの不安げな視線に気づいて、ニコスが言った。「アテネの社交界の人間がほとんど集まっている。年に一度のパーティなんだが、実に退屈でね。気をもむ必要はない。自然にしていればそれでいいんだ。会いたい人に会ったら、すぐ帰るから」

食事の間じゅう、アンジーはアテネの弁護士だという右隣の男性とおしゃべりした。しかし、すらりとしたブロンド美人と話しているニコスが気になってしかたなかった。彼にはほかの女性と話す権利があるのよ。アンジーは自分をたしなめ、食事が終わるとすぐに席を立った。新鮮な空気が吸いたかった。

テラスから芝生に下りて、噴水の縁に腰をかけた。

物思いにふけっていたせいか、気がつくと頭上のテラスから人の声が聞こえた。ニコスと母親だ。直観的に聞きたくない話だと思い、アンジーは立ちあがって自分の存在を知らせようとした。ところが、足が動かない。彼女は怯《おび》えながら、その場にじっとしていた。会話はギリシア語だったが、もちろんその内容はわかった。

「彼女が姉妹？」

「姉だ」

「そんな女と結婚した理由は一つしかないわね。あんなひどい娘の家族だもの。お金でしょ。あなたを脅迫したんじゃない？」エレニの声は厳しかった。「マスコミに暴露するとかなんとか言って。もしかしたら、もっと――」

「僕はアンジェリーナを愛している。彼女の妹の話はもうしたくないよ」

そこへほかの声がして、ニコスと母親はゆっくりと話せる場所へ移動した。だが、アンジーはその場で呆然《ぼうぜん》としていた。彼の母親はなんて言った？

そんな女。

そして、私は非難されて当然の人間だ。ニコスを脅迫したのだから。お金のためではない。それは本当だ。でも、ダイヤのためだった。むしろ、そのほうがひどいかもしれない。ニコスは家族を守るために自分を犠牲にした。彼は称賛に値する人だ。片や私は……。

彼と一緒にいてはいけない。ティファニーは彼の家族を崩壊させかけたのだ。おしゃれをしてベッドで楽しませれば彼のためになるなんて、どうしてそんなばかなことを考えたのだろう？　彼は私を愛していない。ああ言ったのは、母親をなだめるためでしかない。私たちが一緒に暮らすなんて間違っている。こんな状況を作ったのは私なのだから、清算するのも私だ。彼を自由にしてあげよう。そうしなくてはいけない。けれど、どうしたらできる？　彼をこんなに愛しているのに。

目に涙があふれてきた。彼を自由にするとはどういうことだろう？　なかなか決心がつかず、アンジーはしばらくそのまま座っていた。罪悪感を無視できたら……。二人は、法的には今後二年間は夫婦なのだ。ニコスは私のそばにいなくてはならない。私は妻として、いつか彼に愛される日を待つこともできる。あるいは、自分をごまかすのをやめることも……。

アンジーは立ちあがると、大きく息を吸いこんだ。私も気高くあろう。私は間違ったことをしたのだ。それを自分自身で正さなければ。彼が私のような女を愛することはない。彼を解放してあげなくては。たとえどんなにつらくても、そうしなくては。

イギリスへ帰ろう。そして弁護士に頼み、ブランディジ・ダイヤモンドにかかわる私の権利一切を放棄する書類を作ってもらおう。

ただし、以前と同じ生活には戻れない。仕事は好きだけれど、母とはもう暮らしていけないし、大学での講義を自分の社交生活でいちばん有意義なものとも思えないだろう。ニコスが買ってくれた服をもらっていくわけにはいかないから、ショッピングに行かなくては。衣類は総取り替えしよう。人前に出る自信をせっかく身につけたのだ。私はもう昔のアンジーではない。

アンジーは人生で初めて、自分が変わったことを実感できた。胸を張り、気づかずに頬を伝っていた涙をぬぐう。そう、私はニコスを愛している。彼がいない生活はひどくつらいものになるだろう。それでも、学んでいけばいいのだ。これまでさまざまなことを学んできたように。

私はもうアンジーじゃない。アンジェリーナだ。

そして、これからまた新たに学ばなくてはならない。ニコスなしで生きていくことを。

11

「見違えたわ。おまえじゃないみたい。まさか、本気でギリシアへ行くんじゃないでしょうね」

「本気よ。ギリシア史は私の関心分野だもの。もっと早く行ってもよかったくらい」アンジーは本をつめた重い箱をかかえた。「これが最後の箱よ。屋根裏に運んだら支度をしなきゃ。今夜は外出するわ」

母は鼻を鳴らした。「あの博物館の退屈な研究者のだれかと出かけるのね」

「違うわ」アンジーは最後の箱を階段にのせ、屋根裏まで押しあげていった。「今夜は新しい芝居の初日なの。オールドウィッチ劇場よ」母にはどうでもいい話だ。

クレタ島から帰って以来、アンジーは外出の機会を増やした。そして、何人もの男性から交際を申しこまれたが、どうしてもイエスと言えなかった。離婚が決まるまでは特定の男性とつき合う気はなかったし、ニコスと比べると、だれもがかすんで見えた。

「あの億万長者に未練があっても、時間のむだよ。ダイヤを返したから逃げられたのよ」

母は腕を組んだ。「ああいう男は、おまえみたいな女とはぜったい幸せになれないんだから」

アンジーは屋根裏から下りてくると、母と向き合った。「ダイヤは彼のものだから返したの。それに状況さえ違えば、彼のような男性は私みたいな女といると幸せでたまらないはずよ。不運だったのは、ティファニーのせいで彼の家族が崩壊寸前になったこと。これは二人の間で消せない過去なの。別れたのは私の選択だし、よりを戻す気はないわ」

母はしかめっ面をした。「ずいぶんずけずけ言うようになったわね。別人みたいよ。めかしこんで。彼がいないのにリップグロスなんか塗って」

「私が塗りたいから塗っているだけ。彼のためじゃなく、自分のためよ」アンジーはリビングルームへ向かった。「これが今の私なの」

「まあ、確かに前よりはきれいになったけど、ティファニーの足元にも及ばないわ」

「別に及びたくもないわ。これが私なの。私は私でいることに満足してるわ」アンジーは二歳のティファニーの写真を取りあげた。妹の瞳は無垢《むく》な輝きにあふれている。「この写真、もらっていくわね。これが私が思っているティファニー、思い出したいティファニーよ」他人の家庭を荒らす女ではなく。

母がひるんだ。「そりゃ、おまえはいつだって頭がよかったけど、ティファニーは――」

「あの子は死んだのよ、お母さん。今も、これからも、あの子のことを思いつづけるわ。

でもね、生きている者は悲しみを乗り越えていかなくちゃいけないの」アンジーは腕時計を見た。「もう行くわね。お母さんはお隣で夕食でしょ。私は劇場からまっすぐ空港へ行くから。ギリシアで落ち着いたら連絡するわ。いつか遊びに来てちょうだい」

「どうかしてるわよ」母は顔をしかめた。「まだ仕事だって決まってないのに」

「私は優秀なのよ。ギリシア語だって話せるし。仕事は、落ち着きしだい見つかるわ。とりあえずは、発掘現場のボランティアをするつもりだけど」

「ボランティア？　どうしてそんなことがしたいの？」母は露骨にいやな顔をした。「おまえのことはさっぱりわからないわ」

アンジーはバッグを肩にかけた。「ええ、そうね、わかってもらえるとは思わない。それでかまわないわ。もう慣れっこだし、私は自分のことが好きで、こんな自分に満足してる。体を大切にしてね、お母さん」


芝居は登場人物も筋立てもよく、とても楽しめた。幕が下りると、アンジーは小雨の降るロンドンの通りに出た。おおぜいの観客たちはそれぞれの目的地へ足早に去っていく。レストランへ、家庭へ。

ギリシアへ。

一瞬、アンジーは胸がつまり、苦悩に近い鋭い痛みに襲われた。これで楽になるだろうか？　彼を忘れることができる？　いや、ここで弱気になってはいけない。彼女はタクシーをとめようと手を上げた。すると、タクシーがとまるより先に、黒いリムジンが横づけされた。

ドアが開き、ニコスが降りてきた。

アンジーはぽかんと見つめた。本物の彼？　あるいは幻覚？　そのとき、劇場から出てきた女性たちが驚いて喚声をあげた。女性からこんなふうに注目を集めるなら、本物のニコスに違いない。こんなところでなにをしているのだろう？　心臓がどきどきし、ついばかげた想像をした。もしかしたら、私に会いに来たのかもしれない。いや、もちろん、そんなはずはない。ニコスは仕事で世界を飛びまわっているのだ。なにかの取り引きでロンドンへ来たのだろう。どうせならブラジルとか、もっと遠いところに行ってほしかった。彼の姿を見るのはつらい。

この一カ月、彼がいなくても生きていけると、自分を説得しつづけてきた。なのに今、彼がすぐそこにいる。せっかくつかみかけた自信がたちまち消えてなくなりそうだった。

彼がいなくて、どうやって生きていけるの？　彼のいない短い期間が人生の半分にも思えるのに？

「こんなところでなにをしているの？」アンジーは努めてさりげない笑みを浮かべて尋ねた。「お仕事？」

「とても重要な仕事があってね」

アンジーはうなずいた。やっぱりそうだ。「うまくいくといいわね」

「交渉は始まったばかりなんだ」ニコスはいつになく緊張して見え、アンジーは彼の肩の向こうにタクシーをさがした。泣きだして彼を困らせる前に、早く立ち去らなくては。

「あなたなら期待どおりの成果を得られるわ」

「ぜひそうしたいと思っている。車に乗ってくれ、アンジェリーナ」

「え？」アンジーは思わず彼の目を見て、そのまなざしに胸を締めつけられた。「一緒には行けないわ。二時間後の便に乗るから、空港に行くので精いっぱいよ。雨の夜は道路が込むし」

「僕が空港まで送っていくよ」ニコスはアンジーの手首をつかみ、抵抗する間も与えず車に乗せた。そして、身を乗り出して運転手に指示すると、仕切りガラスを閉めた。「どこへ行くんだい？」

狭い空間に二人きりでいるのは拷問と変わらなかった。彼の豊かな黒髪に両手を差し入れ、キスしたくなる。「ギリシアよ」なぜ本当のことを言うの？

「僕の国が気に入っているんだな」

時と場所が違えば、ニコスの自慢げな顔つきに笑っていただろう。しかし、今はただ悲しいだけで、アンジーは懸命に平静を装った。「もちろんよ。もっと前に行かなかったのが不思議なくらい。とりあえずは発掘のボランティアをするの。そのうち定職を見つけるつもりだけど」

リムジンは混雑するロンドンの通りを走り、やがて空港に続く高速道路にのった。

「どうしてなにも言わずにクレタを出た?」

アンジーはつかの間まぶたを閉じ、それから外の景色を眺めた。目に心が表れてしまうのが怖かった。「それがいいと思ったからよ」

「弁護士から書類が届いた」

「よかったわ。あなたはもう自由よ」

「残念ながら、そうはいかないんだ」声にいつもの自信がない。アンジーは眉をひそめてニコスを見た。「書類になにか不備があったの?」

「なにもかも不備だよ」

「え? 弁護士は、あらゆる面から見て離婚の障害になるものはないって言っていたけど」

ニコスはアンジーの目をじっと見つめた。「弁護士は重大な点を一つ見落としている」

アンジーは肩を落とした。完璧《かんぺき》を期したつもりだったのに。「どこ? なにを見落としたの?」

「弁護士が見落としたのは、僕が君を愛しているという事実だ。だから離婚はできない」

アンジーは息をのんだ。驚きのあまり動けない。「今、なんて言った?」

「君を愛している。そして僕は、君に離婚はさせない。なぜなら、君も僕を愛していると確信しているからだ」ニコスは彼女に近寄り、その髪に片手を差し入れた。「君が去ったのは、僕と母の会話を聞いたからだ。違うかい?」

「わ、私は……」彼の手をうなじに感じ、心臓が破裂しそうになる。「どうしてそんなことを?」

「それ以外に、君の行動を説明できないからだ。パーティの前、僕たちはベッドで我を忘れた。なにもかもがすばらしかった。だが、屋敷に帰る車の中で君は黙りこくっていた。翌朝、君は姿を消した」

アンジーは唾《つば》をのみこんだ。「すぐにできることを二年も待つ必要はないと思ったからよ。あなたは自分の人生を生きる権利があるわ。それで傷つく人はいない。あなたのお母様も含めてね」

「母のことはどうでもいい」ニコスはアンジーの頬を撫《な》でた。「君の母親と妹のこともね。今、僕の心には君一人しかいない。そう、僕は僕の人生を生きていく。だからここに来たんだ。君なしの人生は考えられない」

アンジーはわずかに身を引いた。「ニコス……」

「初めてロンドンで会ったとき、僕は君の家族を嫌悪していた。妹のおぞましい行為をかばう君に、怒りはますますつのった」

「あの子はひどいことをしたわ」ささやくようにアンジーは言った。「それでも私の妹なの」

「妹への君の愛情はすばらしいよ、最愛の人《アガペー・ムウ》。あのころ、僕は母のためにダイヤを取り戻すことしか考えていなかった」

「今ならわかるわ。お母様のことが心配でたまらなかったんでしょう」

「母はずっと忍耐を強いられてきた。実に強い女性だよ。父は大切なことを学んだはずだ。ほら、また家族の話になってしまった」ニコスはいらだったようにうめくと、アンジーの首筋に顔をうずめてキスをした。「僕は僕たち二人のことを話したいんだ」

「〝僕たち〟はだめよ、ニコス」アンジーは彼を押し返した。こんなに近くにいては、まともに考えることができない。「私はあなたを無理やり結婚させたのよ。あなたに腹を立てていたから」

ニコスはアンジーの顎から唇にかけてキスでたどっていった。「その気になれば、僕は君と結婚しなくてもすんだ。ノーと言うことだって、弁護士に依頼することだってできた。だが、すでに君に魅せられていたんだ」

アンジーは小さな吐息をもらした。「嘘《うそ》よ。私のこと、つまらない女だって思ってたでしょう」

「そんなふうに思ったことはない。初めて会ったとき、君の瞳を魅力的だと思った。それから君の髪がほどけたところを見て……」ニコスは言葉を切り、激しく熱く長いキスをした。彼が唇を離したとき、アンジーは息を切らしていた。

「あなたは私のことを不幸な性格だって言ったわ」

「僕に言い返せる女性、古代陶器についてギリシア語で話せる女性には会ったことがない。君がとても知的だということに、僕自身が慣れるまで時間がかかったんだ。でも、もう大丈夫さ。実に刺激的だよ。僕は君を心から自慢に思ってる」

「ティファニーのことがなかったら、私となんか結婚しなかったはずよ」

「そういう意味では、君の妹に感謝しなきゃいけないな」ニコスが窓の外を見やり、アンジーは車がとまったのに気づいた。

「ここはヒースローじゃないわ」

「ああ、違うよ。しかし、僕の飛行機がある。クレタへ僕と一緒に帰ってほしい。君が発掘のボランティアをしたいなら、それもいいだろう。君が家にいて赤ん坊を産むなら、それもまたいい。自分のしたいようにしてくれていいんだ」

アンジーは耳を疑い、まじまじと彼を見た。「あなたの赤ちゃん？」

「もちろんさ。僕はギリシア人で、ギリシア人は子供が大好きだ」ニコスは肩をすくめると、上着の内ポケットから小箱を取り出した。「とうとう逆の立場になったな」彼が箱を開けると、アンジーは息をのんだ。

「ブランディジ・ダイヤモンドじゃないの」

「キリアクー家の長男が心から愛する女性に贈るものだ。その女性は君なんだよ。受け取ってくれないだろうか。どうか、僕と結婚してほしい」

アンジーは震える手で美しいネックレスを取りあげた。「ティファニーが身につけていたものを返すのがつらかったの」

「だったら今、首にかけてほしい。妹のいい思い出だけを残して」ニコスはやさしく言った。「僕が君を愛していることをわかってほしいんだ」

薄明かりの下で、ダイヤモンドがきらめく。「妹がこれをつけていなかったら、私たちはたぶん一生出会わなかったでしょうね」

「運命だったんだ」ニコスはアンジーの手からネックレスを取ると、彼女の首にかけた。

「君にとてもよく似合う」

「これほどのものを身につけるのは怖いわ」

ニコスはほほえんだ。「車の助手席には、武器を持ったボディガードが二人いる。だが、このネックレスの真の価値はダイヤなんかじゃない。愛する人に捧《ささ》げるというその心だ」

彼の顔から笑みが消えた。「これを贈りたい女性など、一生現れないと思っていた。君にはつらく当たりすぎたよ、アガペー・ムウ。どうか許してほしい」

「許すって、なにを?」

ニコスは大きく息を吸った。「君はベッドであんなに恥ずかしがったのに、僕は無理やり……」

「その点では、あなたに感謝しているのよ」アンジーはささやくように言った。「あなたのおかげで、思いもよらなかった自分を知ることができたから。生まれて初めて自分がきれいだと思えて、学問でしか持てなかった自信を持てるようになったの。あなたは私に、本当の私という人間を教えてくれたのよ。何物にも代えがたいすばらしい贈り物だわ」

「これまでのことを後悔していないかい?」

「こんなに幸せなのに、なにを後悔するの? あなたを愛しているわ、ニコス。さっきあなたが言ったとおりよ」

ニコスはアンジーの頬に両手を添えた。「僕と一緒にギリシアに帰ってくれるね?」

「ええ」アンジーはにっこりすると、彼の手に唇を押し当てた。「私にふさわしい場所はギリシアよ。あなたと一緒なら、永遠に」

●本書は、2008年2月に小社より刊行された『狂おしき復讐』を改題して
文庫化したものです。

壁の花の白い結婚

2024年11月15日発行　第1刷

著　　者／サラ・モーガン
訳　　者／風戸のぞみ（かぜと　のぞみ）
発 行 人／鈴木幸辰
発 行 所／株式会社ハーパーコリンズ・ジャパン
東京都千代田区大手町 1-5-1
電話／04-2951-2000（注文）
0570-008091（読者サービス係）
印刷・製本／中央精版印刷株式会社
表紙写真／© Svyatoslava Vladzimirskaya | Dreamstime.com

ISBN978-4-596-71703-0